大魚讀品
BIG FISH BOOKS

让日常阅读成为砍向我们内心冰封大海的斧头。

[冰岛] 约恩·卡尔曼·斯特凡松 著
李静滢 译

没有你，什么都不甜蜜

Himnaríkí og helvíti
by Jón Kalman Stefánsson

九州出版社
JIUZHOUPRESS

我们几乎融入了黑暗

群山屹立，俯视着生命和死亡，俯视着密密麻麻挤在岬角的这些房屋。我们住在碗底般的谷地，白昼消逝，夜晚来临，一切都沉入幽暗的静寂。紧接着，星星亮了。星星在我们头顶上空闪烁着永恒之光，仿似在传递紧要的消息，但那消息是什么，又是谁发出的？他们想从我们这里得到什么？或者，可能更为重要的是，我们想从他们那里得到什么？

我们所剩的没什么与光明相似。我们离黑暗更近，几乎融入了黑暗，存留的仅有记忆和希望，而这希望实际上已经变得木然，它日益麻木，很快就犹如不再燃烧的星星，一块暗黑色的石头。然而对于生命，我们略有所知，对于死亡，我们也略有所知，甚至能就此谈论一番：我们一路走来，就是为了接近你，为了让命运拉开序幕。

我们想讲述的是那些生活在我们那个时代的人，时间是一百多年前。那些人于你而言仅仅意味着倾斜的十字架和损毁的墓碑上的名字，生命和记忆都被时间的律令无情地抹去了，这正是我们想改变的。我们的话语就如同肩负残酷使命的救援队伍，要把以往的事和已故的人从遗忘的黑洞中解救出来，而这并不容易。在完成任务的路途中，它们可能会发现一些完备的答案，从而在一切都太迟之前带我们离开这里。就目前而言，这已足够。我们会把那些话语传递给你。那些茫然无措、四下分散的救援者并不清楚自己能否完成任务，所有的指南针都已损毁，地图已翻烂或过时，不过你仍应该迎接它们的到来。尔后我们会看到发生了什么。

男孩，大海，《失乐园》

一

这发生在我们还真实地活着的年月里。三月，白雪的世界，即使不是纯白。这里从不会只剩白色，不论下了多少雪，哪怕天空和大海冻在了一起，寒冷穿透梦想安家的心脏深处，白色也从未赢过。雪一落下，悬崖峭壁就会把白色撕裂，它们黑如煤炭，突兀地出现在白色的世界里。男孩和巴尔特走出村子，黑色的悬崖兀立在他们头上。那村庄是我们的来源和归宿，是世界的中心。世界的中心，这种想法可笑而又令人自豪。他们轻松地走着，年轻的双腿，燃烧的火焰，但他们也在与黑暗赛跑。这样说或许是恰当的，因为人类生活就是一场与世间的黑暗、背叛、残酷、怯懦永恒的比赛。这比赛经常显得如此无望，可我们仍然在跑，与此同时，希望也继续存在。当然，巴尔特和男孩只想超过天黑或暮色，把它击打在小屋前。渔民的小屋。他们有时并排着走，目前来看这样再好不过了，因为并排留下的足迹标示着团结，可以让人生不那么孤独。

不过，他们所谓的道路通常只不过是一条蜿蜒狭窄的小径，如同雪地上冻僵的蛇。男孩只能紧盯着巴尔特的鞋后跟、他背上的皮袋、他乱蓬蓬的黑发、他宽宽的肩膀上稳稳立着的脑袋。他们有时要穿越满是石头的海滩，从崖壁危险的山路上爬过去。最难走的是“不可逾越之地”，那里有一条固定在岩石表面的绳索，上方是陡峭的山崖，下方是矗立着的石壁、汹涌的绿色海洋，还有一条三十米长的瀑布。山崖插入空中，差不多有六百米高，山顶云雾缭绕。一边是大海，一边是险峻的高山，实际上这就构成了我们的整个故事。当局和商人或许会掌管我们困窘的日子，但山和海掌控生命。它们是我们的命运，或者说有时我们会这样认为。倘若你几十年里都在同样的山下醒来和睡去，倘若你的胸膛曾在我们的小船上随着大海的呼吸一同起伏，那么你肯定也会有这样的感受。几乎没有什么能比晴好的白天或澄明的夜里的大海更美了，此时海在做梦，梦中洒满月光。然而，大海在掀起高出小船几十米的巨浪时一点也不美丽，再没有什么能比此时的海更让我们憎恨了。巨浪砸到船上，我们就像快要淹死的小兽一样。然后一切都平等了——烂人和好人，巨人和矮子，幸福的人和悲伤的人。叫喊，一些疯狂的手势，之后就像我们从没存在过。死者下沉，血冷却，回忆化为虚无。鱼游过来，撕咬死者的嘴唇和肩膀，那嘴唇昨天还在亲吻和说出意味着一切的话语，那肩膀曾扛起最年幼的孩子。眼睛再也看不见了，它们沉在了海底。海洋是冰蓝色的，从不平静，一个呼吸着的巨物。大多数时候包容我们，然而有时不会，于是我们被淹没。人类的历史并不十分复杂。

今天晚上我们肯定要出海。巴尔特说。

他们刚刚穿过“不可逾越之地”，绳索没有断，大山也没有掷下石头杀掉他们。他们一起俯瞰大海，又仰望天空，在那黑暗来临之处，天空不再是无边的蓝色，空气中有夜晚的气息。对面的海滩更难辨认了，它仿佛已经向后退去，正在沉入远方；这片海滩从海边到沙丘几乎都是完美无瑕的白色，一如它那象征着冬天的名字——白色海滩。

是时候了。男孩回应道。他走得有点儿上气不接下气。距离他们出发已经过了两个小时。他们在德国面包店喝了咖啡、吃了蛋糕，停留了三次之后艰难地走出了村庄，在雪地里跋涉了两个小时。他们的脚湿了，当然会湿。那些年里我们总是湿乎乎的，死亡会烘干他们。有人抱怨时老人就会说。老人有时什么都不懂。男孩调整了他的袋子，里面沉沉的，装着各种必需品。巴尔特没有动，他只是站在旁边看着男孩，打口哨吹出一段模糊的旋律，看起来一点也不累。妈的，男孩说，我喘得像条老狗，你却好像一步路都没走。巴尔特用他南方人的棕色眼睛看着男孩，咧嘴笑了。我们有些人的眼睛是棕色的。渔民从遥远的地方来到这里，几百年来一直如此，因为大海是座宝库。他们来自法国，来自西班牙，很多人都长着棕色的眼睛。一些人会跟某个女人把眼睛的颜色留下来，出海，回家或淹死。

对，是时候了。巴尔特表示认同。他们上次出海打鱼已是半个月之前了。先是狂风从东南方席卷而来，下了雨，躲过了落雪的地面被雨水打湿，满是泥泞。接着风向变了，刮起了北风，大风带来了肆虐多日的暴雪。暴风、雨、雪，连续十四天，海面上一条船也没有，鱼暂时避过了人类，躲在宁静的大海深处，风暴无法到达的地方，到过那里的只有溺亡的人。关于溺亡的人可以讲出各种故事，至少可以说他们不会抓鱼。他们实际上什么也抓不住，除了海面泛漾的月光。整整两个星期，由于天气的原因，有时人都无法走出屋子去另一间房屋。呼号的大风抹去了四面八方的所有景物，抹去了天空、地平线，甚至时间本身。太久了。自从修补好需要修补的，拴好鳕鱼鱼钩，放下钓线，放下与心灵和情欲有关的东西之外的一切纠缠，时间已经过了太久。会有一两个人在海滩游荡，寻找能当鱼饵的贻贝。有人利用这段时间制作东西，修补防水服，但是被束缚在岸上的日子会很长，会延伸到无尽。最容易忍耐的等待方式就是打牌，不停地打下去，只在需要上厕所时才站起来，蹒跚着走到大风里，在海滩上的礁石间解决问题。可是，有些人太懒，也可能内在不够美好，他们并不想费事走下海滩，而是直接把屎拉在屋子附近，然后在回到屋里时对看门的说：交给你一项任务，伙计！男孩就是看门的，必须把屋子周围打扫干净。他是最小的、最弱的，在摔跤比赛中谁都打不过，于是这个工作就被派给了他。生活通常就是这样的，那些不够强大的人不得不去清理别人拉的屎。

两个漫长的星期，等到天气最终好转时，世界就好像又回来了。看哪，天空就在那里，所以它是真实的、是存在的。地平线也是真实的！昨天，风暴的威力已经减弱了很多，他们能去清理登陆处的石块了。他们往下爬到那里，从两座房屋中出来了十二个人，两队船员，忙着搬开被大海抛上岸的大石头。下面的卵石让他们站不稳脚，蹭破了皮，直流血，他们在湿滑的海边干了六个小时的活儿。这个早晨风从西方吹来，虽然不大，但是刮西风的时候常常会起浪，因此不能出海。看着海浪泛起的泡沫和远处似乎平静得适合航行的海水，真是让人感到羞愧甚至屈辱。不过，想到鳕鱼会在西风中躲起来，会消失不见，人的脾气也就平和了，而且这也为大家进城提供了很好的理由。渔民们成群结伙地离开房屋，海滩挤满了人，山边也尽是在攀爬的人。

巴尔特和男孩有时会瞥一眼前面的人群，从而调整自己的速度，离人们更远而非更近。最好就是只有他们两人结伴同行，他们要谈的独属于他们的东西太多了——诗歌、梦想，那些让人彻夜不眠的事情。

他们刚穿过“不可逾越之地”。从那里走回到渔民小屋大约需要半小时，路途中大部分是多礁石的海滩，海浪拍击着那些礁石。在下山时他们停了下来，站在高高的山坡上遥望十多公里外的远方。在峡湾的尽头，在对面的白色海滩，冰冷的蓝色大海不耐烦似的翻滚着。雪从来不会从这里彻底离开，没有哪个夏天能完全让雪消融。然而，只要是能形成海湾的地方，就会有人居住；只要是能接近大海的地方，就会有一座农场。在仲夏，农场周围的小片田野会变成绿色，浅绿色的草地延伸到山边，黄色的蒲公英在草地中闪着光。而在东北方向更远的地方，他们看到更多的山峰耸入灰色的冬日天空：斯特兰德斯山（Strands），世界的尽头。

巴尔特放下袋子，拿出一瓶黑死酒，两人都喝了一大口。巴尔特叹了口气，把视线转向左边，直接看着大海，深深的、幽暗的大海。他丝毫没有想到世界的尽头和永恒的寒冷，而是想起了黑色的长发，它是怎样被一月初的风吹拂过她的面颊，世间最珍贵的那只手又是怎样把它捋到一边。西格瑞特，巴尔特默念着她的名字，内心颤抖了一下。男孩追随着朋友的视线，也叹了一口气。他想在人生中有所成就，学一门语言，看一看世界，读一千本书。他想寻找事物的核心，不论那是什么，他想找出是否会有核心。但是有时，在艰难的出海捕鱼结束后他会浑身僵硬酸痛，在牧场劳作十二个小时后他会又湿又冷；也有时他心事重重几乎无法振作，这时是很难思考和阅读的，那么要抵达核心还有很长的路要走。

刮着西风，他们头上的天空慢慢变暗了。

他妈的。男孩脱口而出。他站在那里沉浸于自己的思绪中时，巴尔特已经开始走下山坡了。风在吹，大海在翻腾，巴尔特一心想着黑色的头发、温暖的笑声、比六月晴朗夜晚的天空还要蓝的眼睛。他们来到了海滩上。他们爬过大块的礁石，下午越来越暗的天色压在他们的心头。他们继续前行，在最后几分钟里加快了步伐，赶在天黑之前回到了渔民小屋。

这是两间新建的带阁楼的房屋，就在高于登陆处的地方。两条长型六桨渔船倒扣在海滩上，被缆绳牢牢拴着。在房屋旁边，狭长的礁岩一直伸向海里，因此在那里上岸很容易，但是礁岩遮挡住了主要的渔民小屋，它们距离这里的行程大约是半小时。那边总共有三四十间小屋，超过一半都像他们的一样新，也盖了睡觉的阁楼，但是也有很多屋子是早先留下来的，只有一层，船员们睡觉、拴鱼饵和吃饭都在同一个地方。三四十间屋子，或许是五十间，我们已经记不清了，太多的事情都已被遗忘，被混淆：我们也已经渐渐学会信赖感觉，而非记忆。

该死的，除了广告什么都没有。巴尔特抱怨道。他们进了屋，上了阁楼，坐在床上。共有四张床、六个男人和一个管家——一个负责做饭、拿木头烧炉子、打扫卫生的女人。巴尔特和男孩头对着脚睡觉，男孩有时会说：我跟你的脚指头一起睡。

但他能做的只是转过头去，脸贴着朋友的羊毛袜。巴尔特长着一双大脚，他把腿翘起来，抱怨说，全都是广告。他说的是村里的报纸，每周一期，每份四页，最后一页经常满是广告。

巴尔特把报纸放到一边，他们把袋子里的每件东西都掏了出来，让生活值得过下去的就是那些东西，此外还有红润的嘴唇、梦想和柔软的头发。红唇和梦想是不可能被装到袋子里背进一个渔民小屋的，这样的东西买都买不到，虽然在村子里有五间商店，到了仲夏，一切都在最佳状态时，商品会琳琅满目。人们或许永远不可能买到最有意义的东西，不可能买到。当然不可能，很遗憾。然而从正面说就是，感谢上帝，这些东西买不到。巴尔特和男孩清空了袋子，把袋子里的东西都摆到了床上。三份报纸，其中两份是首都雷克雅未克发行的；咖啡、冰糖、黑面包、小甜面包，是德国面包店卖的；从盲人老船长的藏书馆借来的两本书，一本是《尼尔斯·尤尔：丹麦最伟大的海军英雄》（*Niels Juel, Denmark's Greatest Naval Hero*），一本是弥尔顿的《失乐园》（*Paradise Lost*），是罗恩·托拉克松翻译成冰岛语的。还有他们一起在药店从西格尔特医生那里买到的《埃里库尔旅行见闻》（*Travelogue of Eiríkur from Brúnum*）和奥拉夫松写的英语课本。西格尔特在同一栋房子里同时开了药店和书店，那些书都带着浓浓的药味，只要闻一闻病就好了，不再难受了，谁能说读书不健康呢。你要这本书干什么？管家安德雷娅拿起英语课本翻看起来。那样我们就能用英语说“我爱你”和“我渴望你”了。巴尔特回答。有道理。她拿着书坐下了。男孩拿了三瓶万灵药，一瓶给自己，一瓶给安德雷娅，还有一瓶给雅尼。雅尼还没有来，与艾纳尔和格文德尔一样，他们都打算在白天去各个小屋转转，闲逛，人们会这么说。船长培图尔则一整天待在小屋里，清洗他的防水服，用新鲜的鳐鱼肝反复揉搓，并且修补水靴。他与安德雷娅一起去了一次腌鱼房，他们把帆布铺在数量越来越多的旗鱼上，旗鱼已经堆得很高了，他不需要弯腰就够得到。他们结婚二十年了。现在他的防水服挂在下面，一股强烈的气味从捕鱼用具中间散发出来，然而等到今晚他们出发时，这些衣服就会变得柔软有韧性。培图尔是个喜欢整洁的男人，与他的兄弟古特曼杜尔一样。古特曼杜尔是另一艘船的船长，两人的屋子相距十米左右，但是谁也不跟谁说话，他们这样已经整整十年了，没有人知道原因。

安德雷娅放下书，开始在炉子上热咖啡。那天早晨一点咖啡都没有，真是令人懊恼。很快，咖啡的香味就充满了阁楼，并且向下弥漫开来，盖过了捕鱼用具和没洗的防水服的气味。地板门打开了，培图尔钻了出来。黑色的头发，黑色的胡子，微微斜视的眼睛，鞣制过的动物皮革一般的面庞，就像是恶魔从地狱升入了咖啡天堂，脸上带着近似欣悦的表情。咖啡能完成的可真不是小事。培图尔第一次笑是在他八岁时，巴尔特曾说，第二次笑是在他第一次见到安德雷娅时。男孩总结说：我们在等着看他第三次笑。地板门又一次打开了。恶魔从来不单行。男孩嘟囔了一句。格文德尔一上来，空间立刻就显得小了，他的肩膀太宽了，没有哪个女人能抱得过来。紧跟着格文德尔的是艾纳尔。艾纳尔的块头只有格文德尔的一半，显得清瘦，却特别强壮，简直让人不明白这瘦小的身躯哪来的那么大力量。或许他的力量是来自荒蛮吧，因为他的黑眼睛即使在睡觉时也在放光。

你们来啦。安德雷娅说着把咖啡倒进他们的马克杯。是的长官，培图尔说，他们在胡扯中度过了一整天。他们用不上一整天就扯完了。男孩说。安德雷娅忍着没大笑出来，手中的咖啡杯晃了几下。艾纳尔攥起拳头对男孩挥了挥，带着嘶嘶声说了句什么，差不多有一半让人听不明白。他缺了几颗牙，上唇中间浓重的黑胡须令人印象深刻，头发稀松蓬乱，几乎是灰白色的。他们开始喝咖啡。每个人都坐在自己的床上，屋外天黑了下来。安德雷娅燃起了灯。房屋两边的山墙都装了窗户，一扇框住了山，另一扇框住了天空和海，而它们框住了我们的存在。很长一段时间里，能听到的只有大海的起伏和喝咖啡时愉快的啧啧声。格文德尔和艾纳尔坐在一起看一份报纸，安德雷娅浏览着英语课本，尝试着用一种新的语言扩展自己的生活，培图尔呆呆望着前方，男孩和巴尔特各看各的报纸。现在只有雅尼不在。前天他就回家了，那时他们清理完了登陆处。他冲过来自北方的大雨，穿过霜雪，眼前什么也看不见，还是找到了回家的路。回家要走六个小时。他太年轻了，要让女人领着他进来，安德雷娅说。没错，跟着他该死的鸡巴，艾纳尔说。他突然显得很恼火。我知道你既无法相信也无法想象，有些男人不仅是肌肉发达、渴望着鱼和女人的下半身，安德雷娅对艾纳尔说，同时却也瞥了她丈夫一眼。

或许安德雷娅知道雅尼带在身上的信的内容。信是男孩帮雅尼写的。雅尼让男孩给他妻子塞斯尔加写信不是第一次了。雅尼曾说，我们一起躺在床上，大家都睡着了时她就读信，我不在时她一遍遍地读。我想念你，男孩写道，醒来时我想念你，抓住船桨时我想念你，拴钓饵时我想念你，敲打鱼时我想念你，听到孩子大笑，问我一些我回答不出而你肯定能回答的问题时，我想念你。我想念你的唇，想念你的胸，想念你的两腿之间——不，别写这个。雅尼从男孩的肩膀上望过去，说道。我不能写想念你的两腿之间？男孩问道。雅尼摇摇头。可我只是想写下你所想的，你肯定会想念她的两腿之间吧？你自己会怎么说呢？我会怎么说……我会说……不，那他妈的跟你没关系！男孩只好画掉你的两腿之间，写下你的气息。不过他想，或许塞斯尔加会看出删除了哪些词，她知道是我替雅尼写信，她会盯着这些词看，等她辨认出删掉的词，理解这些词的含义之后，她就会想到我。男孩坐在床上凝视着报纸，尽力让自己不去想那个场景：塞斯尔加读着这些温暖的、温柔的、湿润的、被禁用的词语，她盯着这些词语，默念着这些词语，暖流涌过她的身体。他咽了咽口水，想把注意力集中在报纸上，接着读关于内阁成员的报道，关于村里学校校长吉斯利的报道。吉斯利喝酒后身体不舒服，连着三天没有出现在学校里了，他压力很大，除了喝酒还必须教书。左拉出版了一本小说，头三个星期卖了十万本。男孩猛地抬起头，试图想象十万人读同一本书，但是这么一大群人是很难想象的，对于住在这里，住在北极地区的男孩就更是如此。男孩呆愣了一阵，然后突然意识到自己开始想象塞斯尔加一边读着这些词语一边想着他，于是赶紧低头接着看报纸。他打开报纸的另一版，上面写着：在法赫萨湾淹死了六个人，他们当时正乘着长型六桨渔船从阿克拉内斯前往雷克雅未克。

法赫萨湾很宽。

多宽？

宽到生命无法越过。

到晚上了。

他们吃了煮鱼配肝。

艾纳尔和格文德尔讲起来自渔民小屋的消息，那是挤在一片宽阔海滩边的砾石堆上的三四十间房屋。讲话的是艾纳尔，格文德尔时不时地发出哼声，在他认为艾纳尔讲得好时也会大笑出来。三四十间小屋，四五百个渔民，一大群人。我们摔跤，艾纳尔说；手指钩在一起用力拉，艾纳尔说；那个魔鬼，艾纳尔说。那个人病了，该死的肠疾，很难挺得过这个冬天；那个人真是狗屎；那个人要在春天去美国。艾纳尔的胡子差不多和培图尔的一样黑，一直垂到胸口，所以他几乎用不到围巾。他开口讲述，安德雷娅和培图尔听。巴尔特和男孩头对脚躺在床上，他们阅读，关闭上耳朵，有船驶进峡湾朝着村子的方向开时，迅速抬一下头。那当然是挪威的蒸汽动力捕鲸船，它轰轰隆隆地航行着，仿佛在抱怨自己的命运。那些该死的商人抬高了盐价。艾纳尔说。他本来正讲到乔纳斯的事情，突然想起这最重要的消息，于是改变了话题。乔纳斯写了九十二首跟一个管家有关的诗，其中一些很下流，不过写得太好了，艾纳尔说他其实都读了两遍，培图尔大笑起来，但安德雷娅没笑。男人似乎总是偏向这世间更粗鄙的东西，一下就完全露出真面目的东西，而女人想要的是需要追逐的、缓缓呈现出来的东西。

抬高盐价？！培图尔惊叫。没错，那些恶棍！艾纳尔嚷道，气得脸色发暗。过不了多久，我们卖鲜鱼，卖直接从海里打上来的鱼就要更赚钱了。培图尔若有所思地说。是的，安德雷娅说，因为这是他们想要的方式，是他们提价的原因。培图尔呆望着前方，感到一阵忧伤占据了他的思想，却并没有完全意识到产生忧伤的缘由。如果他们因为盐提价而不再腌鱼，腌鱼屋里的那堆鱼也就完蛋了，那么安德雷娅和我能去哪儿呢？他想，为什么每件事都要改变呢？这不公平。安德雷娅站起来，进行喝咖啡后的清洁工作。男孩时而抬起头，视线暂时离开《埃里库尔旅行见闻》，与对方的视线交会，巴尔特全神贯注地读着弥尔顿的《失乐园》，那是很久以前托拉克松的译本。炉火在燃烧，阁楼上温暖舒适，窗外夜色渐浓，风吹打着屋顶。格文德尔和艾纳尔嚼着烟草，在椅子上前后晃动着，一会儿叹气一会儿哼哼。煤油灯发出很亮的光，让外面的夜晚更显得黑暗。光越多，黑暗越多，世界就是这样。

培图尔站起来，清清嗓子，吐了下口水，吐掉了忧郁。他说：等雅尼一到这里我们就拴钓饵。说完之后他走下楼去弄搭扣、驮鞍和锁环，同时为人们不工作而感到恼怒。该死的，你们这帮成年人在那儿横躺竖卧，工具扔了一地，读着没用的书，真是浪费灯光和时间。他抱怨着，只是把头伸进了地板门。男孩的视线从《埃里库尔旅行见闻》上移开，抬起头看着地板上冒出的犹如地狱使者的黑色头颅。艾纳尔点点头，目光尖锐地瞪了巴尔特和男孩一眼，站起来，吐了口红沫子，跟着他的船长下了楼。培图尔对艾纳尔说：什么都在衰退。声音大得足以让楼上的人听见。从某种意义上看，他是对的，因为我们都注定死亡。但是现在他们在等待雅尼，他肯定会来，他从不失约。

我要走了。雅尼对塞斯尔加说。

别让大海把你吞掉。她恳求地说。他大笑起来，穿上靴子，说道：你疯了吗，伙计？我穿着美国靴子时是不会淹死的！

很多令人惊奇的事都在发生。

现在雅尼穿着干爽的衣服，走过潮湿的荒野和草地、沼泽和溪流，一点也没弄湿袜子，这简直就是得了神助。

雅尼一年多前买了双美国靴子，为此他特地去了相邻的峡湾，他自己划着捕鱼的小帆船到那里，买了靴子，还给孩子和塞斯尔加买了巧克力，最小的孩子吃光了巧克力就开始哭，完全劝不住。事情经常是这样：过程甜蜜，结果却会让人悲伤。捕捞大比目鱼的美国渔民在三月或四月来到这里，在格陵兰岛外捕鱼，付现金从我们这里买食品和盐。他们卖给我们来复枪、刀、饼干，不过从来没有什么东西能比得上胶靴。一双美国胶靴比一架手风琴还贵，它们的价格直追一名农场女工的年收入，太贵了，雅尼要几个月不喝黑死酒、不抽烟才能攒够买靴子的钱。但是雅尼说物有所值。他穿过沼泽，涉过溪流，从来都不会把脚弄湿。他继续跋涉，迈着干到骨头里的脚走过潮湿的路、走过雪地。胶靴当然是来自美国的最好的东西，它们什么都能踢到一边，现在你该明白为什么穿着胶靴淹死是不可原谅的了。不可原谅的粗心大意。雅尼说。他亲吻着塞斯尔加和孩子们，他们也亲吻着他。吻与被吻，这要比乘着小船在遥远的海上捕鱼好一千倍。雅尼的妻子看着他离开。别把他淹死。她低声自语，不想让孩子们听到这句话，不想吓到他们。我们为最重要的事物祈祷时其实没必要抬高嗓音。她走进屋，重读雅尼的信，现在她敢仔细看看那些被画掉的词了。雅尼说那只是男孩不喜欢的话。她盯着信看了好长时间，才辨认出那些词。

你来啦。培图尔说。雅尼穿着干袜子走了进来。他们可以去把鱼饵绑在钓线上了，今晚可能要划着船出海去捕鱼了。

二

在开阔的远海入睡不同于在这个村子里入睡，村子在这峡湾的尽头，在高山之间，实际上也是在这个世界的底部。大海有时如此温柔，我们可以下到海边击水，但是它永远不会比小屋温和，似乎没有什么力量能让大海的起伏停歇，即使是平静的夜晚和满天的繁星。海洋涌入那些在海上睡觉的人的梦，在他们的意识里全都是鱼和淹死的同伴，那些同伴悲哀地挥动着变成了鳍的手。

培图尔总是第一个醒来。他是船长，他醒时天还没亮，时间很少超过凌晨两点，但是他从不看表，而且表在楼下，在乱七八糟的破烂下面。培图尔走出门，抬头看天，黑暗的浓度可以告诉他时间。他摸索着找到衣服。炉子在夜里就灭掉了，三月的寒冷从薄薄的墙壁钻进来。安德雷娅在他身边沉重地呼吸着，睡得正熟，沉浸在深深的梦境中。艾纳尔打着鼾，在梦中紧紧攥着拳，雅尼和他头对着脚地睡着。男孩和巴尔特没有动。大个子格文德尔太幸运了，有自己的床，不过那张床对他来说还是太小了。对这个世界来说，你的身材应该缩小一半。巴尔特曾这样说，说得格文德尔难过地走到一边。培图尔穿上羊毛套衫，穿上裤子，摇晃着走出门，走进黑夜。和缓的微风从东面吹来，一些星星的轮廓隐约可见，它们闪烁着发出古老的消息，发出具有千万年历史的光芒。培图尔眯着眼睛，等着睡意完全消失，做过的梦消散无形，感官恢复清醒。他站在那里，弯着腰，驼着背，像一只令人无法理解的野兽，嗅着空气，瞥视着黑暗的云，倾听着、感受着风中的信息，发出半是哼哼半是咆哮的声音。他走回屋子，用黑色的脑袋顶开地板门，说道：我们要出海了。声音不大，但是足够了，他的声音直达最深的梦，截断睡眠，几个人都醒了。

安德雷娅在被单下穿好衣服，起床，生起炉子，点亮灯。炉火和灯发出温和的微光。好长时间里谁也没有说话，他们只是穿上衣服，打着哈欠。格文德尔在床边睡眼惺忪地摇晃，他还在半梦半醒之间，搞不清身在何处。他们刮着胡子，除了男孩，他还没怎么长胡子，属于极少数能把胡子刮净的人，他的胡子又细又稀疏，当然不用费什么事。你需要一些男人味。培图尔曾说。艾纳尔听了大笑起来。巴尔特长着浓密的棕色胡子，修剪得很有型，他太他妈的英俊了，安德雷娅有时会为了看他而看着他，就像我们看一幅美丽的画、看海上的光。咖啡沸腾了，他们打开自己的箱子取出面包，用拇指把黄油和肉酱抹到黑面包上，厚厚的黄油和肉酱。咖啡滚烫，同最黑的夜晚一样黑，但是咖啡里可以加方糖，如果能把糖加进夜晚，让它变得甜美，那该多好啊。培图尔的话打破了沉默，或者说是加入了喝咖啡的咕噜声、嚼东西的吧唧声和偶尔冒出来的放屁声。他说：起东风了，微风，有点暖和，但今天某个时候会转成北风，不会更晚，所以我们要划船去深海。

艾纳尔开心地深深喘了口气。划船去深海，这在他听来就像是赞美诗。雅尼说：好啊，不错。这实际上正是他所期盼的。他曾经对塞斯尔加说：我敢肯定我们要划船去深海。塞斯尔加的回答是：别让大海把你带走。

坏天气来临之前，在水浅的地方捕鱼要等很长时间鱼才咬钩，现在当然要去试试更深的水域了。他们都把手伸到自己的箱子里，又拿出了一块面包。划向深海，那意味着四个小时不间断地划船，风太小了不够航行的动力，那意味着至少要在海上停留八到十个小时，或许十二个小时，也就是说，他们至少要在十二个小时以后才能吃到下一顿饭。面包不错，黄油不错，但是不喝咖啡可能无法活下去。他们慢慢地喝下最后一杯咖啡，细细地品着。外面，半明半暗的夜色在等待他们，夜晚从海洋的底部一直弥漫到天空，在那里点亮了星星。大海沉重地呼吸着，黑暗又寂静。大海沉默时，一切都沉默，甚至包括头上黑白相间的山。灯发出微弱的光，安德雷娅把灯光调暗了一些，喝掉杯底的最后一点咖啡时是不需要多少灯光的。每个人都沉浸在自己的思绪里，呆呆地看着前方。培图尔想着航行，头脑中演练着所有要完成的任务，他自己要做好准备，他总是这样的。雅尼开始坐立不安，热情涌动，立刻就想开工。艾纳尔也想到了划船，想到了出海的辛苦。他深深地叹息着，感受到了安宁。他的血总是太热，总是不安地在他的静脉内快速奔流，让他终日充满渴望，而此时奔腾的热血平息下来，成了两岸长满青草、静静流淌的河流。咖啡，面前的艰难工作，对于坐在这阁楼上半低着头喝下最后一点咖啡的人们，艾纳尔心怀感激，或者几乎可以说是热爱，他甚至可以心平气和地看着巴尔特和男孩那两个笨蛋。有时他们真要把他彻底逼疯了，他们没完没了地读书，没完没了地互相引用诗句，真他妈的丢脸，让人软弱的心灵堕落。不过此时，这根本不会让他血脉偾张，他的血管中是静静流淌的河流。艾纳尔喝着咖啡咂了咂嘴，生活很美好。

这时夜幕悄悄降临
苍茫的夜色
把万物包进
灰暗的衣裳
寂静伴随而来

巴尔特读着《失乐园》中的句子，他斜拿着书，好让灯的微光照到书上。能够照亮一行好诗的灯光肯定实现了存在的目的。他的嘴唇一开一合，一遍遍读着这些诗行，每读一次他的内心世界就变得更加开阔。

男孩喝完了咖啡，把杯子抖干净，放进自己的箱子。他用眼角的余光瞥视巴尔特，看到巴尔特嘴唇的翕动，一阵爱意在心中涌起，他感到昨天又回来了，连同所有的光辉，连同与巴尔特相伴、与友谊相伴的强烈的存在感。男孩坐在床边，昨天就在他的心中。他摸到了那瓶万能药，那是一种令人焕发活力、增强体力的强效消化药，对付嗳气、烧心、恶心和胃胀都非常有效。大家都知道这种药，我们在报纸上读到相关的介绍，说它的疗效已经得到了外国人、冰岛人、医生、教区负责人、船长的验证，每个人都推荐这种药。它能救命，被流感侵袭、一脚迈进死亡之门的孩子们吃了几大勺万能药后就完全恢复了健康；它对付晕船也非常有效，在离岸前喝下五到七汤匙，就完全不会晕船了。男孩直接从瓶子里喝了一口。要离开海岸干很多个小时的活儿，在远海钓渔船上，晕船就是地狱。安德雷娅喝药是治咳嗽，她咳得头都抬不起来。喝了万能药，不适就会消失，或者再不会找到你头上。我们一生都在无休止地寻找一种解药，寻找能让我们感到舒适、给我们带来幸福、为我们驱走一切坏事的解药，不论那是什么。有些人走了很长很艰难的路，最后可能什么也找不到，收获的只是寻找本身具有的某种目的、某种解脱或宽慰。其余的人会钦佩他们的毅力，但是生活本身对我们来说已经够麻烦的了，因此我们服下万能药来代替寻找。我们不断询问哪里才是通向幸福的最短路径，在上帝、科学、黑死酒和万能药中，我们找到了答案。

他们都走到了外面。

小屋周围堆积了很多雪，但海滩仍是黑色的。他们把船翻过来。让一条长型六桨渔船的龙骨触地对十二只手来说还算轻松，但是把它翻转的难度更大，十二只手就很难够用了，至少需要再加上六只手，不过其他船员都还在熟睡，那些浑蛋，他们疲惫的双手在梦的世界里休息，他们的前进方向总是深海海岸，因此从未在黎明前离开过。当然，古特曼杜尔很快会醒来，那位船长被称为“严苛的古特曼杜尔”，他手下的人必须在傍晚八点前回到小屋，虚度光阴和不断絮叨是他性情里的毒药。人们不论在什么情况下都会注意到他，他手下的人全都是大个子，都经历过这个世界的风暴，他们傲慢无礼，说出的话能杀死一条狗，然而只要古特曼杜尔发了怒，他们就都会变成羞怯的胆小鬼。他们的管家叫古特伦，娇小秀气，头发亮丽，笑颜令人惊艳，所以她在的地方从来不会有黑暗，她顶得上很多瓶万能药。她漂亮、活泼，脸很白，圆鼓鼓的，让人看着心疼。她有时会跳几下特别的舞步，那时屋里的男人们体内似乎有什么要爆裂开来，这些饱经风霜的男人，爱和狂野的欲望打着解不开的结。然而古特伦属于古特曼杜尔，他们宁愿一头扎进冷得要命的大海，也不想与他的女儿有任何关系，你疯了吗，哪怕魔鬼本人也不敢碰她一下。不过古特伦对自己的影响力似乎毫不知情，这如果不是最好就是最糟。

他们沉默着干活儿。

抬起要搬到船上的物品，索具、挂好了鱼饵的钓线、防水服——天气尚好，如果现在就穿上肯定会觉得热，长及腋下的紧身裤、羊毛套衫的羊毛线很密实。等待他们的是三至四小时的艰难旅程，每个人在夜里都有要做的工作，但愿生存总是如此直接、如此容易读懂，但愿我们能逃脱那延伸到坟墓和死亡之上的不确定性。但是如果死亡都无法消除不确定性，又有什么可以呢？雪很快就将厚厚地堆积起来，从屋子一直延伸到黑色的海滩。安德雷娅走出屋子，倒空了尿壶。屋子周围的地面有很多石头，液体倒在上面就会渗下去，不管是尿还是雨，都在地上消失了。好在地狱的屋顶不漏雨，除非有一种惩罚是让污水和雨不断地浇到一个人的头上。安德雷娅站了一会儿，看着他们干活儿，他们的脚步声微不可闻。大海在安睡，大山在打盹儿，天空沉默无语，那里没有谁是醒着的。时间肯定接近三点了，巴尔特突然跳了起来，又一次消失在屋子里。安德雷娅摇了摇头，微微笑了笑。她知道他正站在梯子上，把手伸到床上，翻开了《失乐园》，读着他想记住的诗句，他准备在海上默念并给男孩背诵的诗句。

这时夜幕悄悄降临
苍茫的夜色
把万物包进
灰暗的衣裳
寂静伴随而来
群兽
已经归窝
百鸟
已经归巢
入睡

巴尔特是最后一个出去的。他沉浸在那节诗中，那是由一位英国盲人创作、一位穷苦牧师在另一个时代用冰岛语重写的诗句。巴尔特又读了一遍这节诗，闭上眼睛，心怦怦跳动。词语似乎仍能打动人，这真是难以想象，或许他们心中的光亮并未完全熄灭，或许无论如何仍有一些希望。现在月亮出来了，它挂着发出白光的帆，向天上的一个黑洞慢慢航行。接近半圆的月亮，缺口在左边。夜晚暂时仍是明亮的。月亮的光与太阳光属于不同的家族，月光让影子更暗，让世界更神秘。男孩抬起头，望着月亮。月亮自转一周所用的时间与绕着地球转一圈的时间是一样的，我们看到的总是月亮的同一面，它与我们的距离超过了三十万公里，划着六桨渔船去那里需要很久很久，即使艾纳尔也会觉得距离太远了。

男孩的母亲给他写信时谈到过月亮，谈到过地球与月亮的距离，谈到过月亮神秘的另一面。但是她在谈论月亮时从未提到过六桨渔船，也未提到过艾纳尔，她甚至不知道有艾纳尔这个人，更别提他的胡子或他体内永动机一般翻腾着的怒火。不过艾纳尔现在并没有生气。月夜的宁静渗入了六个男人和看着他们的女人的心中。哦，安德雷娅已经不再看他们了，她匆匆走回屋子，要在狭窄的门廊迎面截住巴尔特。我真是疯了，安德雷娅想，我跟他差了二十岁！但是既然有机会，谁会不愿意在三月的夜晚凝视那双棕色的眼睛，想着他衣服下灵活柔韧的身体的移动，他双唇间洁白整齐毫无烟草渍的牙齿呢？巴尔特不嚼烟草，有的很奇怪，这些年轻人，他们会拒绝与烟草为伴的这种愉悦。她在门廊碰上了巴尔特，他满脑子的诗歌和《失乐园》。哦，我的小家伙，你真漂亮。她说着，双手轻轻拂过他的胡子，向下抚摸他的脖颈。她本来没想这样用力地抚摸他，把手和他的皮肤贴得这么紧，她感受到他身体的温热从脖颈冒出来。只为了你，安德雷娅。他微笑着说。你这狗屎，你睡着了吗？！培图尔在外面喊了起来。他们一惊，安德雷娅抽回手，看着这个男孩，看到了他在月光下困惑的样子。

月光能让我们失去防御。月光让我们记起，让伤口撕开，让我们流血。

男孩的母亲给他写信谈过月亮和天空，谈过星星的年龄、到木星的距离。她懂很多东西。她是被送到别人家养大的，在那里吃了不少苦，因为渴求知识受到过斥责。但是农场里的男孩子们上学时她还是跟着学会了阅读，而后读了能接触到的所有东西。虽然贫穷，虽然受到收养家庭的漠视，但她还是读了很多书。正是阅读和对知识的渴望让她跟男孩的父亲走到了一起。他们都很穷，但还是通过自己的努力，从给别的家庭当用人发展到买了自己的农场。用农场这样堂皇的名字来称呼他们那小小的村舍未免太隆重了，不过他们毕竟成了土地租用人。一头牛和五十只羊，这对一个家庭来说并不多。一小块家庭用地，杂草丛生，把草吃掉要比割掉用的时间更少，牧场不缺水。大海让他们活下去，让住在这世界边缘的人们活下去。他父亲从捕鱼站点出海，每年四到五个月。天啊，我太想他了！在给男孩的一封信中她写道，当然我有你们三个，但我还是每天都想布约格文，晚上你们都睡着以后我就更想他了。填满他不在家的那些月份的，是劳作，是为了生存和免除贫穷而进行的奋争，剩下的空闲时间则都给了阅读。我们没希望了。我们不停地想着书本、想着受教育，我们充满热情，内心狂热，如果我们听说了某本有趣的新书，就会想象着那本书是什么样子，会在晚上上床后谈论书中可能出现的内容。之后我们会轮番阅读那本书，或者一起读，只要我们能搞到那本书。但是我们能说什么呢？他父亲乘着六桨渔船出海了，这种船在这里很普通，只有八米多长，在夜里淹死的当然不止他父亲一个。那个三月的夜晚，男孩又一次抬头看月亮，头脑里计算着，十年加十七天以前。不，不该是这样。两艘船失踪了，连同船上的船员。十二个人，二十四只在海中挣扎的手。东南方的大海发了怒，把他们全都淹死了。整整一个星期之后，人们才得知这黑暗的消息。他死了，但在对他来说最重要的人心中多活了七天，这究竟是残酷还是安慰？是一个邻居的到来熄灭了世界之光。男孩坐在地板上，腿向前伸着，妹妹坐在他两腿之间，但是他母亲站在那里，直直地盯着前方，她的手在身体两侧垂了下来，仿佛失去了生命。有双臂却没有可拥抱的人，即是地狱。空气在颤抖，仿似有什么庞然大物被撕裂了，他们听到太阳坠落到大地上发出的碰撞声。人们活着时，有属于他们的时刻，他们的亲吻和大笑、拥抱和亲密的话语、喜悦和哀愁，每个生命都是一个宇宙，而在坍塌时，除了有限的物品之外什么也留不下。那些物品随着主人的死亡而获得了吸引力，成了重要的或神圣的东西，就好像那离开我们的生命留下的碎片转化成了咖啡杯、锯、梳子、围巾。但是最终一切都会褪色，一段时间后记忆会被抹掉，一切都会消亡。曾经是生命和光明的地方，成了黑暗和遗忘。

男孩的父亲死了，大海吞没了他，再没有把他带回来。你的眼睛曾赋予我美丽，你的双手曾逗乐过孩子，你的嗓音曾驱散黑暗，它们去哪儿了？他淹死了，这个家散了。男孩去了一个地方，他兄弟去了另一个地方，两人中间隔着五个小时耗费体力的路程，他母亲带着他刚过一岁的妹妹在另一个完全不同的山谷安顿下来。曾有一天他们四个人躺在同一张床上，很挤，但很好，那几乎是悲痛中唯一的好事情。在那以后，一座七百米高的山矗立在他们中间，陡峭，贫瘠。男孩一直恨它，无边的恨。但是对群山的恨太无力了，它们比我们大很多，它们就站在自己的位置，几万年都不动一下，而我们的来来去去比一眨眼还快。不过，大山几乎从不阻碍通信。母亲给他写信，讲着他父亲，这样他才不会被忘记，他才会活在儿子心里，成为温暖自己的光，成为他人怀念的光。她写着信，把丈夫从遗忘中救出来。她描述着他们两个人怎么一起聊天、一起读书，描述着他与孩子们在一起时的样子，他给动物起了什么名字，他给他们唱了什么歌，他独自站在家庭农场的斜坡上望着天空的身影……你妹妹一天天长大，她因为有两个哥哥而骄傲。我知道你不会忘记她。你们兄弟俩能不能去看对方？你们千万不要忽视这个。你们千万不要让世界把你们分开！来年夏天我们当然会去看你，我已经获得了允许，开始准备出远门需要的鞋子。你妹妹几乎每天早晨都会问：我们今天就走吗？我们什么时候走？

我们什么时候走？

月亮与地球最有可能是同时形成的，但是也许地球的引力场捕获了月亮。现在月亮悬在男孩头上，构成月球的是岩石，没有生命的石头。

走的时候从未到来。但是感冒到来了，一如既往。她们感染了致命的咳嗽，仅隔两天就先后离开了世界，先走的是妹妹。上帝啊，你在哪里？这是生命中最后的问题。母亲用最后的力气潦草地写道：活下去！就写在那个问题之后。活下去！爱你的妈妈。最后的信，最后的句子，最后的话语。

男孩把乳清桶举到船上。人的心脏又能承受多少东西呢？

船装满了。

艾纳尔、格文德尔和雅尼把石头放到船里，这样船在海中就能更稳一些，他们在每块石头上都画了十字。一个成年人的心脏大小和攥紧了的拳头一样。心脏是中空的肌肉组织，把血液输送到身体的血管里，静脉、动脉和毛细血管，长度将近四十万公里，能够延伸到月球并恰好接触到月球外的黑暗空间，那里肯定是孤独寂寞的。安德雷娅站在船和屋子之间看着他们，她的血管向月亮延伸。时间将近三点了，他们不能在比这更早的时候从上岸的地方出海，这是规矩，我们要守规矩，特别是那些不乏道理的规矩。格文德尔和艾纳尔已经在船上了，他们坐在划手的前坐板上，有力量、有耐力的划手才能坐在那里，其他人沿着船板坐在自己的位置上，等待着号角声响起。不过，那并不是古老的图书和传说中标志着末日审判的号角，那末日的号角声响起时，我们都将被带到伟大的裁决者面前。不，他们只是等待着贝内迪特在三点的钟声敲响时在屋檐下把号角举到嘴边。

贝内迪特的肺很强壮，他用力吹号时，即使大风迎面吹来，出发的号声仍会传到兄弟们的小屋。在禁止凌晨三点前出海的规则实施后的第一个冬天，贝内迪特所做的只是快速坚定地吹号，唯一的目标就是让那号声远扬，证明他的肺是多么有力量，然后他就会扔下号，加入到第一批争先出发的人之中。不过，两年后的现在，他自己有了一个旧的小号，是从一个英国船长那里买到的，他现在吹号不仅为了号令出发，也为了体现乐声的柔和，为了尝试着把黑暗的夜空变成他在村里从商人斯诺瑞那儿听到的旋律。贝内迪特不会把小号扔到船上带着它出海——肆虐的风和雨，斯诺瑞指出，会伤害这件乐器，毁掉它的声音——相反，他会把小号交给等在他船边的管家。围绕在贝内迪特周围的有将近六十艘船，差不多有三百人在等待着出发的号令，大多是长型六桨渔船，每艘船上两个人，船边四个人，每一块肌肉都绷得紧紧的。但是只要贝内迪特不把号从嘴边放下，就不会有人想到离开。他是这里最出名的船长之一，是一个英雄，曾救过别人的命，一直很会捕鱼，而且就穿过大浪返回陆地而言，别人连他的一半都赶不上。每个人的注意力都在他身上，管家接过这件乐器后耐心地等在海滩上，尽管冷冷的海水有时会打湿她的身体，而她的双脚已经超过了五十岁。

安德雷娅站在两座小屋下面。

等待着号声。看着她的男人们冲出去，就像逃避世界的毁灭。然后她要回到屋里，打扫卫生，试着读一点巴尔特从那位与盖尔普特生活在一起的盲人船长那里借来的另一本书，《尼尔斯·尤尔：丹麦最伟大的海军英雄》。那个人为什么被称为英雄？他捕到了什么？他是否曾在棺材大小的轻薄小船里为了自己的生命奋争，或许那是在来自北方的狂风之中，陆地消失了，天空也消失了，呼号的风几乎能把你的脑袋从肩膀上吹下来？

现在他要吹号了。雅尼说。他的声音极其轻微，没能传出覆盖他下巴的胡子。他的两只手抓着船，每块肌肉都绷紧了。艾纳尔向内收紧他的桨，格文德尔开心地望着远方，能活着真的不错。男孩的目光越过船舷上缘，落在艾纳尔身上，如果有哪个人此时是绷紧的弦，那就是艾纳尔。格文德尔则像是神话中琴弦旁边的山精，一个心满意足、温和顺从的山精。他们也是培图尔农场的帮手，十多年来一直是这样，尽管培图尔有时感到山精先留意到的是艾纳尔，然后才是他。没错，我想这家伙现在要吹号了。雅尼又说了一遍，这次声音略微提高了一些。贝内迪特双腿分开站在他的船中央，距离兄弟们的房屋约有两公里，他把小号举到了唇边，肺部满满地吸入了暗夜的空气，然后吹了起来。

乐音在将近三百名身穿皮衣站在屋下等得不耐烦的渔夫头上响起，在静静的夜空中飘向远方。安德雷娅仰起脖子转过头，想听得更清楚一些。培图尔、雅尼和艾纳尔已经不耐烦了，他们暗暗咒骂着贝内迪特，巴尔特和男孩则倾听着，想记住那旋律，它的精髓，它将在漫长的旅途中，在有希望比旅途更长的一生中继续传扬。大个子格文德尔甚至悄悄闭了一会儿眼睛，音乐常常让他想起某些好的、美的事物，他在独自一人时更是如此。不过他有点害怕会被艾纳尔看到，艾纳尔当然不喜欢看到人们在醒着时闭上眼睛，而且格文德尔并不是能公然冒犯艾纳尔的人，生活本身已经足够艰难了。

好！声音消失时雅尼喊道。他们齐心协力一起往前推，使出了全部力量。船从岸上缓缓下滑，男孩松了手，抓起龙骨下面伸出来的轧棍，拿着它们跑到船前面，把它们放在船头。男孩行动敏捷，这工作就该交给他，他跑得很快，一口气能跑得很远，如果他想尽情奔跑，这个国家够不够大都是个问题呢。船头滑进了海里。雅尼和培图尔是最后登船的，他们从岸上跳过海水上了船，人们开始划桨。巴尔特和男孩共用船中间的坐板，能量在他们的血管里奔流，他们咬紧了牙。六支桨，大海很安静，没有阻碍，没有风也没有浪，小船直冲向前，他们刚用了一分钟就完全离开了陆地，来到海上。他们收回桨，培图尔脱下防水帽，又脱下了下面的毛线帽，念起了海员的祈祷词，另外五个人低下头，手里拿着防水帽。小船在海上起伏，就与之前聚在主要房屋下面的那些船只一样。在贝内迪特高声吹出音符后不到一分钟里，将近三百个人喊叫着乘坐近六十艘船冲入海中，但是现在，船在静静地起伏，水手们都在祈祷。祈祷声升上了天堂，连同他们的信息和他们的请求，内容很简单：帮助我们!

大海很冷，有时很阴暗。它是从不休息的巨大生灵。这些人除了乔纳斯以外谁都不会游泳。乔纳斯夏天在挪威捕鲸站工作，挪威人教会了他游泳，人们称他为鳕鱼或海狼，如果按相貌来判断，那么海狼这个绰号更适合他。我们这里很多人都是在海边长大的，几乎每一天，我们都会听到大海的声音，男人从十三岁起就要学着当水手，一千年来一直如此，然而精通游泳的只有乔纳斯，因为他讨好了挪威人。不过我们也懂得别的一些东西，我们知道怎么祈祷、怎么画十字——我们在醒来时画十字，我们在穿上防水服时画十字，我们在捕鱼用具和鱼饵上画十字，我们为每个行动画十字。主啊，我们把船上的坐板托付给你，用你的慈爱保佑我们吧。让风止息，让那能变得如此可怕的浪涛平静下来吧。主啊，我们全心信赖你，你是一切事物的开始也是结束。那些在海里溺亡的人像石头一样沉下去，而稳稳站在受到赐福的大地上的人们即使是在死寂中，即使是在这样的距离下，也能看到他们的表情，在大海终结他们的生命、他们的身体或沉重的负担以前，他们最后的表情。我们信赖你，主啊，你依照你的形象创造出了我们。你创造了鸟，赋予它们翅膀，让它们能够在空中飞翔，让我们想到自由。你创造了鱼，赋予它们鱼鳍，让它们能够在我们畏惧的深水里游泳。我们当然能像乔纳斯一样学会游泳，但是主啊，那难道不是表示我们对你缺少信任，就如同我们认为可以对造物予以纠正吗？而且大海太冷了，没有人能在大海里长时间游泳，没有人。主啊，除了你和你的儿子耶稣，我们谁都不信任。他和我们一样不会游泳，也不需要游泳，他只是从水面上走过去。想想吧，如果我们有真正的信念，也能在海上行走，那就只需漫步走到捕鱼区，把鱼拖上来，然后走回家，或许是两个人一起，推着一辆手推车直接去装鱼。

阿门！培图尔说。他们都迅速戴上了防水帽，毛线帽则要留到晚些时候戴。夜色柔和。平静的夜晚，平安的夜晚，有防水帽就够了，它的边缘下垂及肩。现在他们以主的名义划船，用尽全力，见鬼的力气。不，不要提到鬼，我们只是没留心才让这黑色的词语从嘴里溜了出来，并没有想表达什么，我们要把舌头封上，祈望这能带来好运。船桨在我们的力气下简直要被扳断了，十二只受过高级训练的手臂，绷紧的肌肉，结合到一起的强大力量。然而峡湾外面就是北极海，在它面前我们什么都不是，什么也没有，除了对仁慈的主的信仰，或许还有一点点创造力、勇气和对生命的渴望。船快速前进。艾纳尔的眼睛闪亮，他的愤怒变成了纯粹的力量，流过他的全身，充斥每一个细胞，并向外散发到他的桨上。格文德尔必须用力划桨才能胜过他。很长时间里没有人想到什么，他们什么也不去看，只是全力划船，他们整个人都投入到了划桨中，陆地向后退得越来越远，他们进入了远处的大海。

他们消失在远方。

安德雷娅仍然站在原地，看着他们渐渐消失。他们的表情隐没，她一直站在那里看着，直到他们的身影全都与海中的小船合为一体，融入夜色。在他们消失的那个方向，鱼儿在深水里游泳，享受着单纯的快乐。安德雷娅望着他们，祈祷上帝佑护他们，不要把他们抛弃。她一直等到从悬崖周围的主房屋出发的船只全都看不见了，才返回小屋。夜里独自站在高出海滩的地方，看着大约六十艘船在平静中出现，看着那些男人都使出全力，争着要最先到达捕鱼区占据最有利的位置，真是件开心的事。他们毫不吝惜自己的力量，然而比起大海、肆虐的狂风和上天的愤怒，这力量简直微不足道。

主啊，我们信赖你，信赖你的儿子耶稣。安德雷娅画了个十字，转过身，看到了她丈夫的兄弟古特曼杜尔。兄弟两人谁都不跟谁说话，但是他们密切关注着对方。此时她不再觉得孤单了。这只是心灵的小把戏。现实就是这样扭曲的，因为安德雷娅感到极其孤独，这种孤独就构成了她的存在，而在几米之外，古特曼杜尔就站在她身后，和她望着同样的事物。她的怒气油然而生，接着就迅速消散。又有什么理由生气呢？安德雷娅想，她对自己的怒气感到吃惊，接着她往小屋的方向走去。好多事情在等着她做。那个丹麦海军英雄，如果不是又一个胡扯的家伙，又一个该死的政客，你知不知道几乎没有多少人能承受行使权力时雨一样落到他们身上的污言秽语？安德雷娅刻意走得离古特曼杜尔更近，她本不需要离他这么近。她直视着他，和他打起招呼，说了句和天气有关的话。古特曼杜尔是个严肃的人，态度严苛，生存当然绝非玩笑，而他实际上是有些幽默元素的；此外，由于他刚刚起床，生存因此绝不会少了笑话。安德雷娅知道这一点，正因为此她才开心地走近他，尽管她原本不必离他这么近，样子这么开心，简直就像是生活中的这个夜晚充满了单纯的快乐。作为回应，古特曼杜尔严厉地看了她一眼，眼神几乎可以说流露着气愤，安德雷娅绷住脸收回了微笑。这个世界有太多的难解之谜。这样一个不苟言笑的严肃男人怎么会有那样开朗欢快的女儿呢？我不懂的事情太多了。安德雷娅想。她决定，等到再过大约两个小时，古特曼杜尔带着他的人出海后，等到她做完了自己的杂务，她要闲逛到他女儿那里，让那个女孩了解一下布瑞特关于妇女解放的讲演，那个冬天早些时候巴尔特和男孩曾经给她讲过布瑞特所讲的内容。那个小册子肯定会惹得古特曼杜尔勃然大怒，即使它与罗恩·伯恩哈特松的《木匠指南》绑在一起，也无法消除他的怒气。古特曼杜尔非常喜欢做木工。安德雷娅边往屋里走边发着颤音打口哨，吹起了一小段贝内迪特对人们吹奏出的曲子，然而走到门口时，她想起了从巴尔特领口散发出的热度和气息。她在夜色里关上了门，无边的思绪飘向了遥远的地方。

三

古特曼杜尔没有回头看安德雷娅，不过听到了关门的声音。他望向远处那黑暗的大海，闻着大海的气息，对于天气预报的说法感到有些怀疑。山背后是不是正涌动着来自东北方的气流呢？那个方向的风是刺骨的，甚至能带来死亡。他没有动，船都远去了，它们开始消失在暗黑的夜晚，分散在峡湾远处的深水区，两岸是古老险峻的群山。古特曼杜尔留着大胡子，胡须遮住了他的下半边脸。这里的男人们都让人看不到下巴，刮胡子是个错误，如果谁把胡子刮掉了，那就像是出了可怕的事故，像是自我的一部分被削掉了，只剩下了一半。古特曼杜尔一动不动地站了很长时间。时间一分一分地流逝。一个人独自站在夜里有益健康，他或她可以融入静谧，感受到某种平和，然而这种感受又会毫无预警地转变为令人痛苦的孤独。天仍然很黑，但是东方发出了隐隐的微光，如此微弱，几乎像是幻觉。但是这道光，无论是不是幻觉，都消解了古特曼杜尔的不确定，因为他看到了峡湾另一侧白色海滩上空的云。黎明时分轮廓模糊的云朵，让他得知了鼻子和耳朵无法告诉他的信息：东北风就要来了，或许是狂风，不过不太可能在中午之前到来。如果他们在一小时内赶着出海，那么在大海有可能伤害他们之前，在海浪变得能把人吞没之前，他们应该已经返回了。他哆嗦了一下，迅速转身，大步走向他的房屋。在渔船争先出发后笼罩夜晚的平静中，他的动作如此迅速而突然，甚至搅动了环绕在屋子周围的空气，仿佛让空气微微颤抖。正在清扫阁楼地板的安德雷娅抬起了头。

古特曼杜尔冲开屋门，大声喊道：起床了，打起精神来！我们要出海！他的嗓门很大，嗓音圆润低沉。一眨眼的工夫，他的船员们就都从床上跳了起来，有的人站到地上时还在半梦半醒之间。古特伦在床上多躺了一会儿，从一数到了一百。盖着被子躺在床上要比跟一群男人一起站在地上舒服多了。那些穿着粗毛衣服的男人在那里哼哼唧唧，打着哈欠驱散睡意和梦境，渴望着冲到海上，迎接自由和鱼群。

古特曼杜尔手下的人很快就到了门外，把倒扣的船翻了过来，他们的船几乎比培图尔的船长了整整一米，他们装好船，同时也没有忘记在接触到的每件东西上都画下十字。他们从年轻时一起捕猎鲨鱼，到现在已经一起出海二十年了，那时还没有法律限制深海捕鱼，他们会去所有合适的地方。那常常是在隆冬最黑暗的时候，那黑暗是如此浓郁，你仿佛可以抽出刀把姓名的首字母刻入黑暗，让夜晚把你的名字带进早晨。有些夜晚，他们会在鲨鱼上方等待几个小时，在刺骨的寒霜里、在远离大陆的海上，东方笼罩在沉沉的黑暗中，夜晚好像永远不会过去。鲨鱼总是饿得什么都吞，古特曼杜尔的人曾在一条鲨鱼的肚子里发现了一条狗。狗是前一天在五十公里外的峡湾被吞掉的，它跟在主人的小艇后面，伸着舌头开心地游泳，突然发出一声短促的尖叫，接着就从水面消失了。会游泳就是这么危险。

安德雷娅清理着阁楼的地板。她想到了海上乘着小船的六个人，想到了前一天与培图尔一起在腌鱼房里的情景，突然感到悲伤。她站起来，喝了一口咖啡，坐在男孩的床上，沉默地叹口气，不由自主地抚摸着巴尔特在读的书的封面。她大声念出书名，打开书，看到了巴尔特夹在中间的信。信或许是用来当书签的。那是写给西格瑞特的，三页纸写得密密麻麻。安德雷娅读了头几行，心中燃烧着爱的激情。但可能有点儿尴尬，也可能认为读到这里就够了，她合上书，望向一边，视线落在了巴尔特的防水服上，一瞬间仿佛触碰到了某种冷冰冰的东西。

四

他们已经往前划了很长时间。天空变亮，他们划出了黑夜，进入了清晨。他们摘下了防水帽。其他船只在波浪翻滚的宽阔海面分散开来，渐渐看不到了，他们比别人划得更远，目的地是培图尔知道的一处深海捕鱼区，培图尔已经几年没去过那里了，但是大家信赖他。在与鳕鱼有关的事情上，他们所有的人加到一起都不如培图尔一个人知道的多。他像鳕鱼一样思考。巴尔特曾说。很难说这句话究竟是称赞还是嘲笑。要搞清巴尔特的意思并不容易，不过培图尔认为这句话是称赞。他们用力划桨，让船离陆地越来越远。远离陆地会让人受伤，就好像正在划向孤独。男孩看着群山渐渐消失，仿似沉入了大海。我们在陆地上时大山会恐吓我们，山上会形成暴风雨，会滚下石头把人砸死，会发生雪崩和泥石流把村镇吞没。然而大山也是一只保护的手，会养育我们，会拥抱划入峡湾的船只。可是没有什么能保护远离海岸的渔民，除了他们的祈祷和智慧。他们开始感到疲惫，只有艾纳尔仍然兴致勃勃，眼睛仍然发亮。巴尔特在男孩身边浅浅地呼吸。我们两个生来不是要当水手的。他们昨天在德国面包店里喝咖啡、吃小甜面包时，巴尔特曾这样说。

面包店里的咖啡更干净，没有颗粒。可能要习惯这种奢侈了。男孩对巴尔特说。不过面包师夫妻接着就在后面用德语争吵起来。他们的争执迅速升级，没过多久就开始冲着对方大喊，突然之间又陷入了无声的死寂，而后就传出了压抑不住的偷笑声，接着是充满激情的接吻声。两名女店员忙着手里的活儿，假装没听见，巴尔特带着微笑看了一眼男孩，活着真是太棒了。他们坐在面包店里，庆祝将来。巴尔特给他们定好了夏天的工作，是在列奥开的商店里，他父亲是代理商的熟人，那个人叫罗恩，身子站不稳，讲话时脚总是蹭来蹭去，在听别人讲话时也是一样，而且还不停地用舌尖舔嘴唇。巴尔特解释说：罗恩如果没有妻子托芙，就什么都不是。托芙是丹麦人，有人叫她“护卫舰”，你如果见过她在街上横冲直撞的样子，就会明白为什么这么称呼她了。如果她在你身边，生活在这个世界就会容易得多了。但是她不接受懒蛋。你只需要认真工作，一切就会好。这份工作谁都愿意做，不辛苦，到了晚上你不会累得筋疲力尽，衣服上不会留下任何污渍，甚至连手都不用洗！

海面开阔，海水很深，男孩从未划船到过这么远的地方。

这么远实际上是有点儿不必要了。

他们与溺亡的距离只有一块薄木板，男孩对此永远无法习惯。这地方风刮得更厉害，浪头更高，波涛更汹涌，不过并没有风暴。他们继续划船，用力拉动船桨，肌肉绷得紧紧的。鳕鱼啊，等等我们，我们来啦！男孩看着培图尔的后背，他跟他侄女古特伦一点儿都不像。你真是疯了，这简直是拿夏夜同冻雨做对比。最糟糕的是，要和古特伦聊天真是太难了，几乎就是不可能，因为通常情况下她只要看他一眼，他就会失去勇气，开不了口。要是他想更进一步，不只是满怀爱慕地望着她，那么古特曼杜尔肯定会让手下的人把他大卸八块当鱼饵了。

陆地在一点点地没入黑暗，消失在大海的尽头，然而光明很快就会在东方出现。他们看到了几颗星星，云朵形状各异，蓝色的、近乎黑色的、浅色的、灰色的，天空在不停变化，就像跳动的心脏。……苍茫的夜色……灰暗的衣裳。巴尔特气喘吁吁地嘟囔着，由于紧张说得断断续续。他们的心脏都在快速跳动。心脏是压送血液的肌肉组织，是痛苦、孤独和喜悦的居所，只有心脏会让我们在夜里保持清醒。我们心里栖留着太多无法把握的疑惑：我们会不会活着醒来？雨会不会落在干草上？鱼会不会咬钩？她爱不爱我？他会不会越过荒野说出要说的话？无法确定上帝何在，无法确定人生的意义，然而同样无法确定死亡的意义。他们划着船。心脏在输出血液，以及对鱼和生命的不确定，但是他们确切地相信上帝，毕竟那时的人们很少敢乘坐一艘小船，一口敞口的棺材，来到这么远的海上。大海表面上看是蓝色的，下面却是漆黑一片。在他们心中，上帝是包容一切的。在这世间，唯一能让艾纳尔尊重的可能就是上帝和培图尔，他有时也会尊重耶稣，但不是无条件的。在这里的山中，如果一个人像耶稣那样被打了脸之后再把另半边脸送上去，结果肯定活不长。雅尼在划船，有时使出了全力，很长时间里他什么都不想，接着塞斯尔加跃入了他的脑海，还有孩子们，三个活着的孩子，一个死了的。雅尼划着船，想到了房屋、牲畜、牧区。他计划在三年里成为镇议会的成员。人总得有生活的目标，否则就会一事无成地衰退。十二只经过训练的手臂蕴含着力量，然而船似乎停在原地没有动。波浪在他们周围翻腾，并不猛，可还是够大的。波浪挡住了他们的视线。海洋就寓于这些波浪之中，小船只是一块木头，男人们坐在这块木头上，把信念交给了上帝。

巴尔特和男孩不像其他人那样充满信心。他们太年轻，读了太多没用的书，他们心脏中跳动的不确定比其他人更多，不仅仅是关于上帝的。因为男孩对生活怀有不确定，特别是生活中的他自己、他的目标。他想到了古特伦，但这并不能减轻他的惶惑。古特伦的眼睛很亮，那亮晶晶的眼睛，让夜晚消失了踪影。男孩在划桨的间隙这样想着。他对自己想出的这个句子非常满意，反复默念了几遍，打算等到那天晚些时候，双脚重新踏上坚实的陆地时，把这句话告诉巴尔特。在陆地上人与身边的人的距离要比在船上遥远得多。男孩看着培图尔的后背，听着身后格文德尔缓慢而沉重的呼吸声。那亮晶晶的眼睛，让夜晚消失了踪影。他默默地重复着，同时想起了巴尔特头天晚上读的《失乐园》里的句子：没有你，什么都不甜蜜。男孩暗自念着这两个句子：那亮晶晶的眼睛，让夜晚消失了踪影；没有你，什么都不甜蜜。不过接着他就想到了她的乳房。他尽量让自己去注意夜晚，去想那些无法确知的东西，但是没有用，他的脑海里全都是她的形象和那些词语。他的下体一阵躁动，这感觉最初不错，但是接着就没那么舒服了，他感到无比羞愧。现在他再也不能看着古特伦了，结束了，他失去了她。我应该和子弹一样跃过船舷跳到水里，没有你，什么都不甜蜜。巴尔特喘着粗气，仿佛是在惩罚他。那是从盲人船长借给他的书中引用的句子。他们离开村子时曾在盖尔普特的餐馆休息。现在我们去看望盖尔普特吧。巴尔特在面包房喝完他那杯咖啡时说。接吻声听不到了，但是面包师开始用柔和的嗓音高声唱起了德语歌。

村庄里的街道上车来人往，一些房子建在很高的地方。

喧闹的景象、高处的房屋，还有盖尔普特这个名字，都让男孩感到自己很渺小。他们先去了特里格维的店铺，然后找了鞋匠马格努斯，巴尔特之前在那里量脚定做了春天穿的及膝长靴和夏天在村里穿的靴子。别害怕盖尔普特，他们快走到餐馆时巴尔特说，她不会把你吃了，顶多吃掉你一只胳膊。巴尔特所说的绝对正确，她没把男孩吃了，不过那或许是因为她不在，至少是不在餐馆。他们在餐馆逗留了差不多半个小时。这对男孩来说够久的，他害怕盖尔普特的好帮手海尔加，害怕她那双灰色的探寻的眼睛；他害怕盲人船长和他粗哑的嗓音，他口中蹦出的简短的词语，他满是皱纹、充满出色想法的高耸前额下面的毫无表情的眼睛，以及那些该做什么和必须做什么的命令，因为他至少有四百本，巴尔特曾肯定地说。巴尔特在那里就像回到家一样，他放声笑，介绍男孩：我的朋友，他的天赋不该用在捕鱼上。“朋友”这个温暖的词语让男孩感到稍微自在一些。坐在那里喝啤酒的三个渔夫的嘲讽并没有影响到他，差不多三个冬天一起出海捕鱼之后，男孩已经了解了他们的说话方式。陆路邮差詹斯也在那里。大块头，喝多了，刚从雷克雅未克回到这里。他每个月去一次雷克雅未克，路上要用六到八天。巴尔特和男孩在餐馆的入口看见了装信的箱子和口袋。当然，詹斯应该直接把邮件送到西格尔特医生那里存放，再分发到二级邮递员手里，由他们送到各个农场和峡湾。但是詹斯对规章不那么重视，他对西格尔特也有几分抱怨，因此最好的选择是坐在盖尔普特的餐馆里，能买得起多少啤酒就喝多少。西格尔特也没那么无私，不会自己过来取邮件。詹斯迅速地瞥了男孩一眼，但是并没有更多地注意男孩或巴尔特，因为他正忙着和《人民意愿报》（*Will of the People*）的编辑斯库里说话。男孩以前见过一次斯库里，那次他只是从远处打量过那个衣着体面的高个子男人。为报纸写稿的工作肯定很棒，要比捕鱼强一千倍。斯库里面前放着纸张，正在记下邮差向他讲述的事情。下一份报纸会有很多消息，因为詹斯靠步行和骑马走过了从雷克雅未克到这里的整个路程，带来了首都和国外的新闻，还有他在漫长旅程中搜集来的一些消息。詹斯在很多农场停留过，很多张嘴向他诉说，闲聊、鬼故事、对两颗星星的距离的揣测、对生与死的距离的思考。我们就是我们所讲述的，也是我们没讲出来的。盲人船长科尔本在很多问题上都不发言，好在他对男孩并不关注，只是在同巴尔特交流。把这本关于尤尔的书给安德雷娅带去，他说，这本书是给你看的。科尔本把一只手放到他面前大开本的书上——《失乐园》，1828年版。你看我多信任你。他对巴尔特说，口吻几乎有些冷酷。他沉默了一会儿，似乎是在斟酌这些词语。你看，他接着说，它会改变你的生活，这不是坏事。

没有你，什么都不甜蜜。

弥尔顿和船长一样是盲人，这位英国诗人在年老时丧失了视力。他在一片黑暗中创作诗歌，他女儿则为他做记录。我们要为他女儿的手祈福，好在那双手除了记录这些诗歌之外也有自己的生命，它们能握住比纤细的蘸水笔更温暖、更柔软的东西。我们相信一些词语能改变世界，它们能安慰我们，擦干我们的眼泪；有些词语是子弹；有些词语是小提琴的音符；有些词语能融化围绕人心的坚冰。在艰难的日子里，在我们半死不活的时候，我们甚至有可能派出救援队一样的词语。但是只有词语并不够。如果除了一支蘸水笔之外我们什么都握不住，我们就会在生活的荒原里迷失至死。夜幕悄悄降临，把万物包进灰暗的衣裳。这些诗行是诗人在黑暗中创作的，那黑暗从未离开过他的眼睛，一个女人用手记下了这些诗行，一个牧师把它们翻译成了冰岛语，那个牧师虽然视力良好，但是有时穷得连纸都用不起，只好对着赫尔高河谷上方的天空构想他的译文。

停！培图尔大喊。

停！

将近四个小时里船上听到的第一个词。

他们同时停了下来。

他们的呼吸就和船下面的大海一样沉重。

陆地上的群山大都看不见了，但是还有两座山峰显现出了模糊的轮廓，培图尔正是参照它们的方位确定前进方向的。船就在捕鱼区上方，那里水没有那么深，下面深暗的大海也没那么恐怖。

停！雅尼和培图尔拉回了桨。

一个词，有时甚至算不上一个词，通常没什么用处，我们在梦想着自己的目标，渴望着嘴唇和抚摸时，几乎不会叹息着说：停！高潮时我们不会说：停！我们被人抛弃，心和石头一样坚硬时，我们不会说：停！但是培图尔不需要讲更多的话。人们在这大海上不需要什么词语。鳕鱼对词语不感兴趣，对“壮丽”这样的修饰词不感兴趣。鳕鱼对什么词语都没兴趣，却已经在海洋里悠游了一亿两千万年，几乎没经历过什么变化。这是不是能告诉我们关于语言的一些道理呢？没有词语我们也可以生存，然而另一方面，生活的确需要词语。

停！培图尔说。他把浮标从船上扔出去，开始和雅尼一起放下第一根钓线。

另外四个人划船把线放出去。长长的钓线带着数不清的鱼钩，鱼钩上面挂着他们头天晚上拴好的鱼饵。六根钓线，一人一根。培图尔的钓线是第一个放下去的。他和雅尼先在每根钓线上画下了十字，以此阻止邪恶之物从海中冒上来，不过那邪恶之物是什么呢？海洋深处没有邪恶，只有生和死，因此当然需要在钓线上画十字了，若想让它们沉入到灵魂深处，那么画一次十字远远不够，至少要画上万次。东面吹来的微风渐渐加强，风向转为偏东北。温度在下降，不过下降得很慢，而他们在划船后身上都热乎乎的。这种暖意很快就完全离开了划船放钓线的四个人，另两个人也感到了寒冷，不过为了证明自己的强壮，他们并没有流露出来，当然他们或许并不强壮，只不过是怕被人瞧不起。人们的念头有时很荒谬。钓线一根接一根地没入了冰冷的蓝色大海，静静地停留在深水处的黑暗之中，等待着鱼，最好是鳕鱼。

六个人在船上等着在海中游了一亿两千万年的鱼。动物种群来了又去，鳕鱼却一直沿着自己的路线游动。与鳕鱼的生命历程相比，人类的历史只是很短的一个阶段。鳕鱼一生都张着嘴游泳，它们很能吃，总能吃到最好的食物，当然其中并不包括人。它们吃掉能捕获的所有猎物，从不餍足。男孩曾经数过，在一条中等大小的鳕鱼体内，有一百五十条已经长成的细鳞胡瓜鱼。大家都责备他在这样的事上浪费了那么多时间。鳕鱼是黄色的，擅长游水，总是在寻觅食物，在鳕鱼的一生中很少会出现一条挂着带鱼饵的鱼钩的线，这可是值得注意的大新闻，是个大事件。那是什么东西？鳕鱼们互相询问，最终某一条鱼说是新的食物，然后就立刻咬了上去，于是其他所有的鱼也都匆忙咬住鱼饵，因为谁都不想落单。在这里晃悠真的不错。第一条鱼从嘴边溜出了这么一句，其他鱼纷纷表示同意。几小时过去了，然后是移动，然后一切开始移动，它们被拉了上来，某个巨大的力量把它们往上拉，朝着天空的方向不停拉升。这一过程很快就中断了，它们进入了另一个充满奇异鱼类的世界。

他们放好了所有的钓线，开始等待。

漫长的等待，等鱼咬钩。两个小时，没别的事情可做。两个小时，在北极海中的这个敞口棺材里，在严寒中，迎着越刮越猛的风。现在只有格文德尔和艾纳尔有事可做。他们没有松开船桨。不回到陆地，不把大海的自由留在身后，他们就不会休息，除非风向合适，他们才会放松一下，让船顺风航行。培图尔掌控方向，把他们的六桨渔船变成了最优雅的船。是的，那是美好的时刻，甚至是美丽的时刻，一口棺材成了一艘破浪前进的船，人们在打盹儿，头脑里充满了梦。

格文德尔和艾纳尔逆流划船，让船在浮标附近保持稳定。

夜晚的黑暗渐渐褪去，过程很缓慢，头上的天空仍是半明半暗。在渐渐遍布天空、压得很低的浓云中，时而有一两颗星星探出头来。培图尔弯腰去拿乳清桶，拔掉塞子，喝了一大口，然后递给雅尼。他们每个人都喝了一大口乳清，之后就又有了精神。温度下降，等待的过程会很冷，但这又算什么呢？他们曾在比这还冷的天气里守着钓线等待，也曾在比这更大的风中等待，那大风足以把船吹跑。他们曾在漆黑的夜晚等待，天是那么黑，培图尔需要紧紧抓住系在浮标上的绳子，只要它从船边漂离就会看不见了。他紧紧抓着绳子，但是从骨子里害怕恶魔就潜伏在夜里，抓着绳子的另一端。不过他从未想到过放手，因为这世上最糟糕的事情无疑就是让手中的绳子滑脱，就是不得不把绳索留在身后，不得不赶在愤怒攫住小船之前，赶在浪越来越大、像死亡一样沉重地劈头盖过小船之前，满怀恐惧地逃到岸边。但世界复杂多样，有风暴也有平静，半个月前，他们终于返航时，海上静得惊人。世界睡着了，大海是一面起伏的镜子。在离岸还有好几公里的地方，他们就能看见山岩的每一条裂缝，头上的天空就像教堂的穹顶，保护着我们的穹顶。六个人沉默着，为自己能活下来而满怀谦卑和感激。不过长时间满怀感激或谦卑并不正常，一些人开始想到烟草，忘记了永恒的生命。巴尔特和男孩往后靠了靠，望着明亮的天空。天空让我们感到谦卑，又赋予我们力量，有时似乎是在对我们说话。它的话语温柔地洗净了旧时的伤口。

然而此时没有星星，这次航行没有。不再有了。它们都消失在头上厚厚堆积的云层后面，预示着将出现坏天气。天要亮了，风越来越大，越来越冷，那是从地平线外的世界中诞生的冷风，那里到处覆盖着寒冰，我们不能往那个方向划船，寒冷就是地狱。他们穿上了防水服，尽管他们的羊毛套衫织得很密实，但极地的风还是能轻而易举地穿透衣服。衣服上如果全都是汗，当然就更无法抵御寒风了。他们全都抓起了防水服，所有的人，除了巴尔特。他什么也没抓住，他的手在空中僵住了，他大声咒骂起来。怎么了？男孩问道。该死的，防水服，我忘带了。巴尔特继续咒骂，他骂自己只顾着背诵《失乐园》中无用的诗句，注意力全都在诗歌上了，忘了拿他的防水服。安德雷娅肯定已经发现了这件事，肯定要担心他会在寒冷中瑟缩，面对北极的寒风束手无策。这就是诗歌能为我们做的。你真是个白痴。艾纳尔咧着嘴说。但是培图尔什么也没说，甚至看都不想看巴尔特，而巴尔特正把生活教给他的所有骂人话都凑到一起。骂人话很多，它们是小块的煤，能为他带来些暖意，然而不幸的是，词语无法抵御北极的风，寒风钻进衣服，钻进体内，一件像样的防风衣要比世间所有的诗歌强无数倍，而且也比诗歌更加重要。男孩和巴尔特坐在划手坐板的两端，开始互相拍手，起初拍得很慢，接着就尽可能拍得更快，直到巴尔特真的感到有些暖和，而男孩满身是汗，上气不接下气。然而这温暖很快就离开了巴尔特，他捶打着身体，希望能产生热量。我要病倒了，巴尔特难过地想，肯定会错过下次航行了，不能把鱼送到店里，不能去捕鱼。真该死，他诅咒着，要错过那些鱼了，真糟糕。

鱼不仅是一群生活在水里、用鳃呼吸的冷血脊椎动物，不仅如此。大多数冰岛人的居所都是用鳕鱼骨搭建的，它们是梦想之拱形屋顶的支柱。培图尔的梦想是变得富有，拆掉旧农场，建起带窗户的木屋，那会让安德雷娅开心，她肯定会喜欢木屋。实际上他们之间似乎发生了什么糟糕的事，不过培图尔不知道究竟发生了什么，说实话，他感到无助，他没有变，总是认真谨慎地去做每一件事，从不让自己休息，但为什么他有时会感到自己失去了她呢？是生活背叛了他吗？然而他无法指摘任何特殊的事件，没有什么能支持这种怀疑，除了他的感觉，他感到某种不能确定的东西在跟他作对，在他们之间垒起了墙，拉开了他们的距离。这种怀疑有时会变成纯粹的不舒服，沮丧触碰到他，夺走他双臂的力量，让他的头更加沉重。不过他在海上时很少有这种感觉，在海上他只感到开心，在这里他能克服一切。在他旁边坐着雅尼，培图尔遇到过的最好的甲板水手。雅尼也梦想着木头房屋，梦想着改善他的田地、修剪草丛，在捕鱼季节结束后到特里格维的店铺买来柔软的红色织物，还有孩子的玩具。没有梦想的人就有危险。格文德尔梦想着美国靴子，经常盯着雅尼的靴子。艾纳尔计划在捕鱼季节结束后买件夹克和一顶方格帽子，然而，男孩梦想着读书和另一种生活。他有时也会梦想古特伦，或许他们能一起买个小农场。不，该死的，他不是农夫，也不想成为农夫，即使和她在一起也不愿意，尽管她可能会让一切都美好光明，可能会把一切变成一个童话。不，他要先到列奥的店铺当助手，然后他可以在晚上读书，他会遇到新的事情，他的机遇会增加。

风越来越大了。

巴尔特捶胸顿足。他高声咒骂，低声抱怨。他梦想着脱离父亲的管束，梦想着离开，梦想着和西格瑞特生活在一起，与她的笑声和谈吐相伴，她的话语经常能让人重新认识世间事物。他梦想着学到更多的知识，梦想着哥本哈根，那里有圆塔和无数街道可以让人迷失。他梦想着做些大事情，否则人活着又他妈的是为什么呢？这是个令人费神的问题。不过眼前是一个更紧迫的问题：他怎么能战胜寒冷？培图尔把烟草递给巴尔特，巴尔特接了过来，尽管他平时不碰烟草。他愤怒地体会着烟草的苦味，烟草让他觉得稍微暖和了一些，但时间并不长。男孩和巴尔特又开始拍手，他们快速地用力拍着巴掌。风力增强，寒冷加剧，云越来越暗。陆地消失了，远方的地平线上全都是打着旋儿落下的雪，再过一个多小时雪就会到达他们这里，除非时间停止流逝，而时间很少会放慢脚步，慢得如同静止下来一般。雅尼和培图尔扭动着身体，他们穿着防水服，但还是觉得冷。培图尔开始断断续续地低声哼哼，让声带放松下来，等到足够暖和松弛之后他开始背诵，其他人都竖起了耳朵。先是关于马的诗句，关于捕鱼之旅的诗句，关于在海上的勇气和英雄主义的诗句。但是英雄主义和马对御寒没什么帮助。他改变了路线，开始背含义模糊的诗句，很快就变成了下流的诗句。培图尔知道很多这样的诗，几十首或许上百首。他挪到了坐板的另一端，坐在船的最前头，穿着他的防水服，戴着厚厚的羊毛手套，防水帽下面是一顶羊毛帽，帽檐拉到了眼皮上。能看到的只有他的眼睛、鼻子、嘴和脸颊的一部分，其余都被胡子挡住了，胡子也挡住了他的表情，或许正因为此，他在晃来晃去嚼烟草时才显得不可战胜。那些诗句从他嘴里吐出来，就好像是在驱除北极的寒冷。诗句渐渐变得更加粗野，更加狂暴。培图尔变了。他不再是沉默、严肃的船长，干活儿的机器，某种古老阴暗的东西在他体内苏醒。诗歌是属于落后者和学生的，从他头脑里涌出的不再是诗歌，而是种原始的力量，是深深植根于模糊的潜意识里的一种语言，在面对艰难的生活和迫近的死亡时一跃而出。培图尔浑身滚烫，在坐板上有节奏地摇晃着身体，时而在那些有节奏的词语让人感到沉重得无法接受时拍着大腿。人的身体是敏感的，承受不了大块石头的撞击，承受不了雪崩、刺骨的寒冷，无法忍受孤独，无法忍受古老而沉重、充满欲望的词语，正因为此，培图尔才拍着大腿，把这些词语带出来。另外五个人惊呆了，从他们船长体内倾泻出的原始力量攫住了每个人的心。艾纳尔的眼睛瞪大了，流露出纯粹的喜悦，格文德尔张嘴喘着气，雅尼的目光紧跟着培图尔。巴尔特的眼睛半闭着，他听的不是那些词语，而是它们的声音，是嗓音中的声响。魔鬼啊，他想，这个无赖究竟从哪里来的这种力量？男孩在狂喜和厌恶间摇摆，他盯着这个正在吐出淫邪诗句的五十岁男人，这个老家伙是什么样的人？这些诗句除了粗俗还能是什么？然而下一刻培图尔的声音又变了，变成了某种古老的回音，词语的声音刺穿了男孩。他诅咒自己，诅咒培图尔。他坐在北极海中的一艘小渔船上，坐在五个男人中间，周围都是霜，他在狂喜和厌恶间摇摆。培图尔脱掉了防水帽，他出汗了，他把一只手套放到一边，他的大手似乎握紧了那些词语，他对一切都视而不见，只是集中注意力，尽力不去想安德雷娅。多待一会儿吧，她有时会在腌鱼房里提议，她就在越堆越高的咸鱼上，那些咸鱼很快就会高到不用站着干活儿了。慢一点，她说，这样不错。她把双腿叉得更开，享受他，更好地感觉他，也是为了不让他弄伤她，而她话语的热度和摊开的双腿太难消受了，培图尔体内的一切都爆发了，他战栗着，咬紧牙，可是安德雷娅本能地看向一边，仿佛是掩藏她脸上露出的失望，甚至是悲伤。然后腌鱼房静了下来，安德雷娅避免去看她的丈夫。此时此刻，就在诗句力量带来的喜悦中，培图尔抬起了头。能量、魔力和欲望都不期然地平息了，消失无形，从他身上被抽走了，不见了。对失去她的恐惧攫住了他的心，占据了他的每个细胞。他是在哪里失去她的呢？他不知道，他从未明白这个问题的关键。但是他拥有什么呢？生命是什么呢？对，是这艘船，是地球和大地上的房屋和生灵，然后是安德雷娅。和她在一起三十年了。他不知道其他的生活。如果她消失了，他会失去平衡。此时他出乎意料地意识到，这个结论就摆在他的面前，诗句在他唇边失去了活力，培图尔似乎崩溃了。

艾纳尔轻声咒骂。他知道这些如潮般涌出的诗句，正在热切地等待着最后的诗节。沉默突然降临，现实世界在迎接他们。沉默降临，连同寒霜、冷风、越来越高的海浪和雪花，因为打着旋儿飘落的雪已经越来越近了。巴尔特愤怒地揉搓着胳膊，男孩转过身，好能揉搓朋友的前胸，然而立刻又转了回去。艾纳尔和格文德尔在跟海浪奋战，雅尼不去看培图尔，培图尔和平时一点也不一样，他坐在那里，看上去像正等着别人像扔废物一样把他从船上扔下去。船被浪抛起又落下。男孩这次出海还没怎么晕船，一直在心里感谢万能药。此时他开始晕船，不过难受得不厉害，如果他们还能开始拖拽钓线，如果时间还没有抛弃他们，把他们留在北极海上，那么等他们往回拖拽钓线时眩晕的感觉应该就会消失了。培图尔摇晃着身体，他像动物一样摇晃着身体，把自己从麻木、软弱和恐惧中撕开来。他说：我们往浮标那里划吧。

雅尼、巴尔特和男孩挺直身子，而艾纳尔和格文德尔掉转船头，用力把船划向就在近处的浮标，现在他们要把鱼拖上来了，现在他们要把鱼从大海深处拖上来，大海容许我们活下去，让我们可以修缮房屋，拓展梦想。巴尔特把轴线固定在桨架上，他的工作是收回钓线，这项工作需要力量和韧劲，这些他都不缺。培图尔的身子微微探过船舷，向海水下面望去，右手拿着鱼叉等待着。他们先从培图尔的钓线开始。船长的钓线。他们因为期待而颤抖。巴尔特开始拉，深水中的钓线移动了，鳕鱼升上水面，受到了粗鲁的接待。培图尔用鱼叉去叉船上的鱼，紧接着雅尼敏捷地放掉它们的血，它们再也无法大张着嘴游过暗蓝色的深海，吞下所有比它们小的东西，那些欢乐的时光被留在了身后。死亡来临，但是我们不知道死亡在哪里接管它们。在时间背后的某个地方是不是存在着永恒的大海，里面满是死去的鱼，其中一些早已在这个世界上灭绝了呢？男孩想，鱼是冷血的，或许对生与死并不特别敏感。巴尔特刚把钓线拉上来，男孩立刻就抓住钓线，上面重重地挂着鱼。男孩小心地放下钓线，确保它们没有缠到一起，然后切掉鱼钩上仍然挂着的鱼饵，这有时并不容易，需要的是速度。有时唯一的办法是用牙齿把鱼饵咬下来——那冰一样冷、咸得要命的鱼饵，然后吐掉。有很多鱼。巴尔特开始拖拽雅尼的钓线，培图尔举起鱼叉，他微笑着，这是美好的时刻。艾纳尔和格文德尔与海浪奋战，他们都在微笑，格文德尔就像一条脾气温和的大狗。到早晨了，但是当巴尔特用了很长时间拖第四条钓线，也就是男孩的钓线时，天空似乎又暗了下去，如同夜晚重返。原谅我吧，我搞错了，那并不是回到了夜晚。培图尔抬起头环顾四周，发现世界看不见了，在地平线的方向只有浓浓的乌云。

风暴即将到来，很快就会降临在他们头上。

雅尼！培图尔叫道。他没有说别的，因为雅尼已经看到了船长所看到的，已经放下了刀，开始帮巴尔特拖钓线。大海变得不安，它对这艘船、这些人的善意到了尽头。浪越来越大，越来越高，风冷冷地吹，巴尔特的动作更慢了，寒冷开始夺走他的力量，收获的喜悦给人带来一丝暖意，但仍然不够暖，远远不够。喜悦、幸福和炽热的爱三位一体，构成了我们人类，让生命拥有意义，让生命大过死亡，然而却无法提供抵御极地寒风的更多庇护。我对防水服的爱，另一件毛衣给我带来的喜悦和幸福……风吹过北极海，每分钟都在加速，风喷出雪片。格文德尔和艾纳尔现在需要用尽全力才能让船保持平稳。海浪在他们周围翻涌，陆地早已消失了，地平线消失了，世界上什么都不存在了，只剩下一口棺材里的六个人，他们正在把鱼和梦想从冰冷的深海里往上拉。培图尔牢牢抓住鱼叉，把鱼弄上船，他先看了看巴尔特，然后看着周围天气的变化，雅尼和巴尔特开始拖第五根钓线，格文德尔的钓线。格文德尔紧紧抓住桨，挨着艾纳尔的他，显得那样魁梧，但他又是如此渺小。他从心里感到恐惧，因为淹死的结局太可怕了，而北极海已经不再关照这艘船，不再关照这片木头和上面的人。此时刮起了风暴。雪越下越密，几乎不能称为飘雪了。风夹着雪打在人的脸上，他们只能眯缝着眼，或者转头往一边看。海浪在船周围翻腾，海水拍在他们身上，水不算多，但是少量的海水就足以淹死一个把防水服留在陆地上的人。巴尔特大口吸气。几乎就在同时，雅尼看着培图尔。培图尔点了点头，雅尼把鱼叉扔进那堆鱼。只有不到两百条鱼。他拿起刀，割断了格文德尔的钓线，大部分钓线已经拖上来了，他弯着腰，既不是坐着也不是站着。是时候了，男孩唉声叹气，他吐了两次，吐出了乳清，吐出了夜里吃的黑麦面包，有些吐在船里，有些吐在海里，还有一些被风刮走了。

雪越来越密，世界越变越小，他们只能看见几米内的东西，只能看见越来越高的浪头，越来越深的波谷。船被浪托举起来，然后狠狠跌落。巴尔特的毛衣冻成了冰坨，他坐到水手坐板上，倒了下去，愤怒地捶打着自己的身体。男孩想摆脱晕船的感觉，但是晕得越来越厉害，尽管万能药是世界知名的高科技产品。与其说他是坐在坐板上，不如说是挂在那里。他无力地揉搓着朋友的身体，要把自己的防水服脱给巴尔特，但是巴尔特摇了摇头，男孩的防水服太小了，何况让他们两个人都淋得一身湿也无济于事。该死，该死，该死。巴尔特嘟囔着。我的钓线怎么办？！艾纳尔疯狂地看着培图尔和雅尼，大叫道。不能再等了！培图尔喊了回去。尽管他们之间只有三米的距离，然而在北极海上，想让对方听到你的话，就必须大喊、尖叫，即使这样也未必管用。艾纳尔叫喊着，头扭来扭去，仿佛是受尽折磨，仿佛是要平息那能让他的头爆裂开来的力量，而后他用尽全力咬紧了牙，咽下了在他体内怒号的那些话语。培图尔是船长，他的话就是律令，不同意的人可以离开。但那仍然是该死的耻辱，艾纳尔怒不可遏，眼前几乎是一片猩红。所有的钓线都拖上来了，上面沉甸甸挂满了鱼，只差他的。这是最黑暗的不公，这是绝对漆黑的地狱。先是三个多小时的紧张划船，接着是三个小时的迎战风浪，然而得到了什么呢？什么也没有。鱼被留在了身后的海中，吊在它们咬住的鱼钩上。艾纳尔用能杀人的目光瞪着想把寒冷捶打走的巴尔特，瞪着脸色惨白、正在拼命揉搓朋友身体的男孩。把艾纳尔的鱼夺走的不是天气，而是巴尔特。

帆！培图尔哑着嗓子在大风和无休无止的大雪中叫道。虽然只有一个字，但是艾纳尔和格文德尔收回了桨，巴尔特和男孩直起了身子，他们的动作迅速而谨慎。稍有疏忽，稍有失误，船就会失去平衡，越过生命和死亡的分界。两个桅杆竖了起来，船帆在它们之间展开，培图尔要去掌舵，他不得不朝着舵爬过去。风似乎要向船帆展开攻击，狂暴地从上方吹下来，但是最终遇到了某种阻力，最终不再只是空荡荡的空气。船几乎倒向了一侧。他们低头看着身下汹涌的大海。头上的天空早就消失不见了，这个世界不再有天空，不再有地平线。船恢复了平衡。那是经过训练的徒手操作，培图尔娴熟地操纵着渔船。大海翻腾起伏，涌起的大浪向他们劈头盖脸地浇下来。他们大口喘着气，除了巴尔特。他沉默着用桶往外舀船里的水，但他身上都是冰，冻得连水桶都难拿得住。风不停地鞭打着他们，北极的寒风推着他们的船前进，暴风雪在身后不停追逐。雪落在船上，落在帆上，冻结成冰。他们开始敲打冻结的冰雪。活下去就是他们的任务，他们都疯了一样使劲，除了培图尔，他在掌舵，冻得弯着腰，脸都麻木了。前面什么也没有，只有狂怒的大海和大雪，但是培图尔不需要看到什么，因为方向深深植根于他的心中，只要风向许可，他就要尽力把他们带到正确的路线上。他们疯了一样使劲。把雪和冰霜从船上敲打下去。他们想把死亡打到一边，他们需要使尽全力，而且根本不知道这力量是否足够。巴尔特的状况降低了幸存的可能，但是如果有人把自己的防水服借给他，哪怕只有一刻，也等于给自己判了死刑，然后完蛋的会是两个人，而不是一个。没有防水服的人一眨眼就会浑身湿透，完全湿透，寒冷会牢牢抓住他，在这开阔的大海上再不会饶过他。

挺住！男孩对巴尔特喊。巴尔特虚弱无力地敲打着帆上的霜和雪，此时突然停下来看着自己的朋友。巴尔特仿佛在微笑，他向男孩靠过来，两人之间只有几厘米，一个因晕船而脸色苍白虚弱无力，另一个因寒冷而脸色发青。巴尔特的头向男孩贴过去，棕色眼睛中流露出男孩不懂的神情，他嘴唇哆嗦着，拼命想说出话来，想战胜寒冷。他做到了这一点，他说出了要说的话，尽管声音已经失真，但是那些词语对于知道它们的人来说只要一出现就立刻能懂，而男孩恰好知道那些词语：早晨的空气好甜蜜，初升的晨光好甜蜜，早起的鸟叫声多动听，让人心情多舒畅。男孩想克服晕船和寒冷，克服恐惧，努力挤出一个微笑。巴尔特靠得更近了，他的防水帽的帽檐卷曲着，两人的前额贴到了一起。没有你，什么都不甜蜜。巴尔特喃喃地说。那是头天晚上他在信里写下的诗行，信是写给西格瑞特的，她或许正站在乡间的黄油搅拌器旁。那是风暴吹不到的地方。或许在这风暴之外，在这艘小渔船之外，在这被风乱吹砸到他们脸上的雪之外，还存在着风暴吹不到的地方。男孩继续把冰霜从船帆和船身上敲打下去，他的呼吸轻快了一些。巴尔特肯定不会让冰霜战胜他的，这种信念为男孩平添了力量。早晨的空气好甜蜜，男孩一时间忘记了一切，只知道用力把雪和冰霜从船帆上敲打下来，只知道为了生命而战，但是他抬起头时，却看见巴尔特已经爬到了船头，在那里躺了下来。男孩蹒跚着连滚带爬地把艾纳尔推到一边，要到巴尔特身边去。艾纳尔在他耳边嚷道：你想让我们全死掉吗？你这该死的尿床狗！要知道，不能完成自己工作的人会让每个同伴都置身于危险之中。可那又怎么样呢？蜷缩在那里的是巴尔特！他双手抱膝，胸贴到了膝盖上。男孩蹲到了巴尔特身边喊着他的名字。巴尔特！这个名字比世间所有的名字加到一起还重要，比一艘载着两百条鱼的船还重要。男孩紧贴着巴尔特，呼出的气息落在巴尔特的棕色眼睛上。巴尔特看着他，什么表情也做不出来，此刻他脸部的肌肉已经冻僵了，但他还是看着男孩。男孩的领子被揪住了。艾纳尔粗暴地把他拽了起来，男孩望向船的另一边，培图尔和雅尼在冲他们叫喊，但他什么也听不到，能听到的只有咆哮的风。男孩看着艾纳尔，带着冰冷的愤怒挥出拳，正打在艾纳尔的下巴上。艾纳尔被打得向后退去，但是更让他不敢上前的是男孩的怒火。愤怒让男孩变了个人，他跪了下来，扯掉自己的防水服，毫无意义地拼命往巴尔特身上套。他搓着巴尔特的脸，捶打他的肩膀，向他的眼睛哈气，因为那里还有生命的迹象。他叫喊着，捶打着，越来越用力地搓着巴尔特的脸，但是没有用，没有用。巴尔特什么也看不到了，他眼中的生命之光黯淡下去。男孩脱掉了手套，摩擦朋友冰冷的脸，盯着朋友的眼睛，对它们哈气，他低声耳语，对巴尔特说话，他拍打着巴尔特的脸。拍打，大叫，等待，耳语。然而什么都没有发生，他们之间的纽带断裂了。寒冷带走了巴尔特的生命。男孩扭过头，看着另外四个人为了生命而战斗，团结在一起战斗，接着又回头看着巴尔特，孤零零的巴尔特，再没有什么能触碰到他，除了寒冷。没有你，什么都不甜蜜。

五

脚踏坚实的地面，这感觉真是太棒了。这表明人没淹死，在北极海的狂风暴雪中苦熬了十二小时之后能吃到东西。吃掉很多片抹了大块黄油和肉酱的黑麦面包，喝下加了黄糖的纯黑咖啡。几乎没什么能比这更美妙了。啮咬一般的饥饿感开始产生，肌肉因疲惫而发颤，此时咖啡和黑麦面包就是天堂。之后捕到的鱼会被处理。新煮的鱼加上板油肉汁。幸福就是有吃的，就是逃离了风暴，穿过了就在海岸外咆哮的海浪。船要在恰当的一刹那准确无误地迎着浪穿过去，不然拍在岸上的浪头就会使船倾覆或把船灌满海水，那么不会游泳的六个人就将同两百条死鱼一起落入海中，捕到的鱼就全没了，人也很可能会淹死。但培图尔是个天才，他知道那恰当的一刻何时到来，他们穿过了海浪，活了下来。

格文德尔和艾纳尔从船上跳下去，踏进了齐膝深的海水。古特曼杜尔和他的一名船员蹚着水出来迎接他们。他们没有划船出海，古特曼杜尔在最后一刻做出了不出海的决定。最后一刻。他的两个船员已经穿好防水服坐到了船里，其他人开始推船，就在此时，古特曼杜尔发出了取消出海的命令。地平线那边翻腾着他不喜欢的颜色。船靠岸时，在岸上的人不会站在一边看热闹，而是要伸手帮忙。在人们制定的法令之外还有这类不成文的规定，因为这关系到生与死，大多数人都会选择前者。如果你对于你能控制的东西有些了解，那么生命也会超越死亡；另一方面，死亡的发生是最无法确定的，人类最反感的就是不确定，最糟糕的就是不确定。

古特曼杜尔手下的四个船员与格文德尔和艾纳尔一起站在绞车旁，把船拖上登陆处，其他人在后面推。在他们身后，浪花溅起了水雾；在更远的地方，暴风雨正在肆虐。这里的天气好多了，尽管房屋之上的群山传来风的呼啸。风很大，安德雷娅不得不叉开腿站着，有时还要侧过身子。屋里的咖啡已经准备好了，她站在那里，侧着身，搞不清心里的感受。她应该到船那边去，帮着推最后几米，再从捕到的鱼中拿两条做熟，然后和男人们一起进屋，他们可以开心地坐下来，闻着咖啡的芳香，吃着盒子里早已备好的面包。幸福感就寓于这些小事之中。那是美好的时光，坐在这些人中间，听他们讲述一路的经历，感到小屋里好像充满了海洋的气息。然而她只是站在那里，一动不动。她眯起眼，想躲开风雪的侵袭。肯定出事了。她能感觉到这点。那天早晨，当她的视线落在巴尔特的防水服上时，就已经产生了这样的预感。就好像她不敢上前，就好像最轻微的动作也能让她最惧怕的事情变成现实。

富有生命力的身体令人赞叹。然而，当心脏停止跳动不再泵出血液，记忆和思想不再在头脑里闪光，那具躯体就转变成了我们不愿用语言去描述的东西。这样的描述还是留给科学吧。身躯还是留给大地吧。安德雷娅眯着眼，转头躲开成片落下的恼人的雪，终于想到应该数一数回来了多少个人。绞车旁是格文德尔和艾纳尔，培图尔抓着船头，雅尼在那儿，男孩在那儿。这时她发现他们动作沉重，那并非源自疲惫，而是源自某种完全不同的东西。可是巴尔特在哪里呢？哪里都没有他的身影。巴尔特呢？她不由自主地问道。她问风、问雪，却没有得到回答。它们不需要回答她。风继续吹，它来也匆匆去也匆匆；雪花继续从天上飘落，所以它们才是白色的，样子就像天使的翅膀。上天从不需要解释什么，拱形的天空就高悬在我们头顶，凌驾于我们的生活之上。天空总是那么遥远，不论我们站在屋顶还是站在山上，都永远无法接近它，哪怕是借助词语或交通工具都没有用。安德雷娅一惊，仿佛就要迈出第一步，接着是另一步，然后步子越迈越大。她开始往下跑向岸边的渔船，跑向那些刚把船拖上岸的人。天气很糟糕，但是还不算太坏，他们还不需要把船再往岸上拖，因为暴风雨还远在海上，暴风雨和大海可以淹死那些想冒险进犯的人。现在他们应该往房屋那边走，去体味咖啡中的幸福，面包、肉酱和黄油中的欢乐，短暂休息中的愉悦。古特曼杜尔应该拖着重重的步伐走回他自己的屋子，那样他就不用再和他兄弟一起待在同一片天空之下了。真该死，至少应该有人挪动一下脚步，在吹个不停的风之外，在从天而降的雪之外，总该有人活动一下。绞车旁的人直起身子，往船里看。那些推船或拉船的人此时都一动不动地站在那儿，双手下垂，神情尴尬。他们才只这样站了几秒钟，但是安德雷娅感到已经过了很多分钟或很多小时。无数个小时。时钟很少能衡量我们所感受到的时间，生命中真正的时间，正因为此，很多个日夜可以凝聚为几个小时，反之亦然。在人的一生中，活过多少个年头并非精确的测量方式，四十岁就死去的人或许已经比九十岁死去的人活了更长的时间。过了几秒钟或几个小时后，男孩已经从船上站了起来。他蹲在船头，然后缓缓起身，双臂抱着不小的物体，那东西比鳕鱼大，甚至比鳕鱼王还要大，因为那不是条鳕鱼，而是人。男孩尖声叫嚷着。其他人终于不再死气沉沉。雅尼一下跳上了船，格文德尔和艾纳尔走下岸，他们抬着巴尔特，走向小屋。大地仿佛受到了重压而发生弯曲，冰霜、岩石和数百万年的时间都让大地非常坚硬，但是死者比任何活着的人都更重，闪光的记忆凝成了暗淡沉重的金属。谁都没有说话。古特曼杜尔和他的人一动不动地站着，摘下了头上的羊毛帽。古特伦从门里走出来，她看着这一切，接着就好像是腹部被人重重打了一拳。安德雷娅进了屋，跑上楼，然后又拿着黑死酒跑下来，把用来放鱼饵的桌上那些杂七杂八的东西都推到了一边。人们走了进来，把巴尔特放到桌上，房屋上方的群山在呜咽。巴尔特躺在那里，眼睛没有合上，朝天瞪着，和冰一样冷。但他不需要黑死酒，他什么也不需要，因为他已经什么都不是了。除了不确定性。寒冷触碰到他的心脏，进入他的心脏，那让他拥有生命的东西全都消失了。那强壮、灵活、不可战胜的身体现在像冰一样冷，而且实际上令人困惑。现在需要做的是带他走，带他回家，如果死者或死者的身体还有家的话。死亡改变一切。以前，谁都不会把长着棕色眼睛的巴尔特与自私自利联系到一起，然而现在他就躺在桌子上，等待着被人照管，等待着被人抬来抬去，而且极有可能在责怪他从前的同船伙伴和安德雷娅，因为他们还活着。

他们在阁楼上沉默地吃东西，几乎坐立难安，感觉就像是犯了罪。他们只吃了一点东西就吃不下去了。

男孩没有碰他的盒子，对咖啡连看都不看。他坐在床上，那是他和巴尔特的床。窄小的床此时变得又宽又大，让他很不舒服。他独自坐在那里，守着巴尔特的防水服和那本书。安德雷娅坐到了他身旁。她只是坐在那里看着男孩。其余四个人沉默地吃完了面包，喝完了咖啡。就连艾纳尔都尽可能不发出声音，虽然他的下巴被男孩那一拳打得疼得要命，但他一声也没有抱怨。格文德尔没多少食欲，他勉强吃下了一半面包，然后就把剩下的面包放到了一边，好像那是不洁之物。培图尔站了起来，另三个人也立刻站起来下了楼。艾纳尔下楼时拿起了格文德尔剩下的那片面包。培图尔停了一下，看着男孩，想说点什么，说几句巴尔特的事，说几句巴尔特的好话，再请男孩和他们一起下去。请他下去，而不是命令他，不管怎样他们需要一起处理捕到的鱼，拽掉鱼头和内脏，剖开鱼腹，把鱼摊平，放上盐。男孩有他分内的工作，他要拽掉鱼头和内脏，把鱼肝切出来，放到桶里。这项工作不错，可以治疗所有疾病。培图尔想这样说，想说这工作有好处，没有它我们什么都不是，但他什么也没能说出来，因为安德雷娅抬头看着他，眼神仿佛在说：别管他了，下楼吧。培图尔走下楼梯，心上如同压了块石头。我要失去她了，他想，不，不要这样想，要去感觉，去体会，因为人们之间存在看不见的联系，联系断裂时我们能够感受到。他们出门处理捕来的鱼。每个人都有捕到的鱼，除了艾纳尔。他的钓线在海里，他的鱼悬挂在鱼钩上，留在风暴之下数米深的地方，对生命不再有不同的记忆。艾纳尔很不开心，别人都有收获，就连不再需要鱼的巴尔特都有收获，死去的鱼留给了死去的人，只有他自己什么也没得到，这不公平。他们从放钓饵的桌子旁走过去，从那具曾经名叫巴尔特的尸体旁走过去，走到外面。

他们去履行职责完成工作，确保自己有足够的食物，男孩和安德雷娅坐在阁楼上，在他们中间躺着冻死了的巴尔特。巴尔特的眼睛仍未合上，但是已经失去了光彩，什么也看不到。死者的身体没有用处，完全可以扔掉。男孩望向一边，阁楼的门开着，通向死亡。死亡就是地狱。他的右手伸到一旁，抚摸着那本让巴尔特忘掉防水服的书。读诗是危险的。那本书是1828年在哥本哈根印刷的，罗恩牧师用自己的话翻译、重构了这部史诗，为此投入了十五年的时间。史诗是在英国创作的，是一位盲诗人为了更接近上帝而创作的，然而上帝就像天空、彩虹和本源，不论我们怎么寻找都会回避我们。

《失乐园》。

死亡是失去了乐园吗？

安德雷娅想起巴尔特的气息。身体的温暖和气息混在一起，令人困扰。她的手向后伸去，小心翼翼地摸到了巴尔特在夜晚休息时头靠过的地方，用手掌抚摸着。男孩麻木地坐在床上。曾经有个女人写过一封谈论月亮的信；曾经有个小女孩因为拥有兄长而骄傲；曾经有个男人，你什么都可以对他讲，他也什么都会告诉你。可是如今他们都死了，剩下的只有月亮，那只是天空中的大土块，上面只有死气沉沉的岩石和撞成碎块的陨石。

是不是女人的感觉更高级，因而就比男人更深刻呢？是不是因为女人能孕育生命，就会在某种程度上对生命更加敏感，对只能用眼泪、悔憾和悲伤来衡量的痛苦更加敏感呢？

安德雷娅的手从巴尔特的头曾靠过的床头移开，落到了男孩的右肩上。她这样做时什么也没有想，这是不由自主的动作。同情和悲伤一起涌来，很快男孩就开始哭泣。泪水奔涌而出，词语是无用的石头。他像个海螺一样蜷缩着，半躺在床上，半靠在安德雷娅的腿上，那里很快就会被男孩的泪水打湿。眼泪让人放松，对人有益，但还不够。你不可能把眼泪串到一起，让它们像闪光的绳子一样垂到幽深之处，把那些本来不该去世的人拉上来。

男孩没用多少时间就收拾好了要随身带的物品。安德雷娅帮他整理物品，让他吃了点东西，给他包了一些咸肉，那是剩下的最后一点咸肉，本来该在下星期日煮汤喝的。外面那些人没有咸肉也一样能活下去，安德雷娅想。那些人已经开始处理捕到的鱼了，她的愤怒油然而生，甚至开始恨他们活了下来，那四个人全都如此可恨。她围裙上被泪水打湿的地方颜色依然发暗，这痕迹或许永远无法消失。希望如此，她想。她和男孩小心地包好《失乐园》，这本书要被带走；然后还有足够的面包片和肉酱，一把方糖。不过男孩在收起书之前先打开看了看。看到写给西格瑞特的信时，他的脸痛苦地扭曲着。没有你，什么都不甜蜜。那是写给她的话语，她呼吸着大山和荒野后面的空气，还不知道人生的可能性已经极大地降低了。每次看到有人走向农场，她都会惊跳起来，希望那是捕鱼站的邮差给她送来一封信。话语能缩短距离，能抚平心中的失落，同时也能放大它，喂养它。她收到的下一封信会很厚，会是来自死者的充满激情的话语。男孩把信交给安德雷娅，说道：让这封信随他一同去吧。可怜的姑娘。安德雷娅说。那也就是我们要说的，因为寒霜和诗歌带走了她最珍贵的东西。

于是男孩准备动身了。

你肯定得走，安德雷娅说，因为你无法想象躺在这里睡在没有了巴尔特的床上，无法想象坐在没有了巴尔特的水手坐板上。巴尔特走了，留下的只有冻僵的身体。男孩说：那是背叛，我无法忍受。

两种解释，两种理由，一切事物都至少有两面。

他们很匆忙，因为培图尔不会同意男孩离开，一个人不应离开他的船队，那太荒谬了。我会跟培图尔解释，安德雷娅说，你不属于这里。就这样，男孩动身前往他和巴尔特在春天曾去过的地方，前往村庄那里，这个世界的中心。

在“不可逾越之地”要多加小心，现在浪头肯定会打到上面了。安德雷娅说。好的，男孩回答，我会小心。然而男孩没说出口的是，他想走另一条路，穿过分隔大山的山谷，他要走到荒野上，然后去往高地，他想尽可能远离大海，尽管那样要走一夜或两夜。路很长，在这样的天气下，在一年的这个时节，这样做尤为危险。不过他们大多数都已经不在了，谁还会关心我是死是活呢，男孩想。但他什么也没有说，只是答应会小心海浪。安德雷娅如果知道他计划的路线，无论如何也不会让他走的。那之后呢？她问。我要去还书。男孩简单地回答。她用双手抚摸他的面庞，亲吻他的前额，亲吻他的两条眉毛。孩子，别忘了我。她说。永远不会。男孩回答。接着他就冲入了雪地，消失在安德雷娅的视线外。

六

生活在这片谷地里的人们只能看到一小块天空。他们的地平线就是大山和梦想。

男孩知道这个地方，他知道，只要走进山谷，在被深深的峡谷劈开的两山之间沿着一条小径前行，穿过两处高地，就会向下进入被巴尔特称为他的地盘的谷地，来到被他称为家的山谷中的农场。男孩并未朝着所谓的家前行——你怎么可能朝一个并不存在的地方前行呢，那个地方甚至都不存在于脑海之中？男孩不会把那片山谷称为他的地盘，尽管他一生的大部分时间都在那里入睡在那里醒来，他也不会把一座农场称为自己的家。有的人要在一个地方生活很久才能说出这两个意义非凡的字：家园。越来越多的人还没有找到家园就离开了世界。男孩永远不想回到那个地方，那里蕴含着他年轻时代最好的时光，无法成真的梦想，对从未拥有的生活的遗憾。那里有他认识的人，在他父亲获得幽暗海底的安息之地以后与他一起生活的人，他在那些人中间长大，与他们一同入睡，一同醒来。他们不是坏人，绝对不是，但他还是觉得，那座农场和那片山谷只不过是晚上休息的地方。人需要这样一个地方，可以坐下来休息，可以慢悠悠地逗留，让身体成长，让头脑强大到可以独立应对世界。不过那的确是个漂亮的地方，非常开阔，草格外茂密，从几座农场一直绵延到海边。从农场的一些房屋门前甚至望不到大海，这在这片土地上太不寻常了，怎么能有谁的眼前看不到大海呢？大海是生命之源，死亡的节律就寓于其中。而现在男孩却朝着相反的方向前进，尽可能远离大海，哪怕只有一两个晚上，只要远到不再感觉到大海。

男孩拖着沉重的脚步走进山谷，巴尔特死了。

读了一首诗，结果就冻死了。

一些诗能把我们带到任何词语、任何思想都无法抵达的地方，它们让你直达本质，让生活暂时停顿下来，变得美丽，变得清晰，带着遗憾和幸福；一些诗改变了白天，改变了黑夜，改变了你的生命；一些诗让你忘记一切，让你忘记失落，忘记绝望，忘记你的防水服。于是冰霜找上了你，对你说：抓到你了。然后你就死了。死掉的人随即沉入了往昔。不论活着时多么重要、多么友好、多么有意志力，不论多难想象失去这个人，结果都没什么意义。死神说：抓到你了。于是生命在一瞬间就消失了，这个人随即沉入了往昔。与之有关的一切都变成了人们试图保留的记忆。忘记意味着背叛。忘记她喝咖啡的样子，忘记她大笑的样子，她抬起头的样子。然而你还是会忘记。生活要求你忘记。你不会很快忘记，但是肯定会忘记，过程如此痛苦，令人寒心。

在雪地里跋涉需要体力。

男孩一直往前走，他以为自己是在笔直地前行。

走啊走，走啊走。雪很大，大片的雪旋转着落下来，能见度只有几米。男孩停下来吃了点东西，然后接着往前走。天暗了下来，他透过飘下的雪看着白昼的余光渐渐消失，感到风越吹越阴暗。现在唯一理智的做法就是找一处农场请求收留。但是他继续费力地往前走，丝毫不关心理智，也不太关心自己能不能活过这一夜。不过他还带着那本书——《失乐园》。借来的书就要还。可能就是这个原因，安德雷娅才让他把书带上，安德雷娅了解他，了解他对书的热爱。想到安德雷娅时，男孩突然感到一阵温暖，可那温暖的感觉转眼就消失了，因为巴尔特已经冻死了，就死在他的身旁。到晚上了，雪很密，积雪很厚，天暗了下来。

实际上，天刚暗时能见度并没有显著降低，可黑暗总归是黑暗，傍晚总归是傍晚。傍晚变成了夜晚，夜色落在眼底，穿过视网膜，传入视神经，缓慢然而笃定地把男孩融到了黑暗中。现在他最想做的就是躺下去，就在原地躺下，卸下一切负担，睁着眼睛躺下。世界没入了黑暗，只有最近的雪花除外，它们是白色的，样子就像天使的翅膀。雪花将会覆盖在他身上，他会在白雪中死去。这倒是很诱人。男孩心里这样想着，有时也会嘀咕出声来。他早已觉得无所谓了。在下个不停的雪中独自走了很长时间之后，不论是谁，都会渐渐感到自己已经离开了这个世界，已经踏入了无人之地，被生活的确定性背弃。然后雪会停。这听起来难以置信，但是雪最终总会停，他或许就站在一座农场前，可是暴风雪和夜晚彻底切断了人们之间的所有纽带。很诱人，男孩想，我可以终止这令人疲惫的跋涉，就这样躺下，入眠，对啊，长眠。长眠当然不错，战胜了悲伤，战胜了遗憾，再也不会遇到麻烦。生死之间的距离是如此接近，只隔了一件衣服——确切地说，只隔了一件防水服。

先有生，后有死——

我活着，她活着，他们活着，他死了。

可我若是死在这里，我该还的这本书就会受损，我就会让别人失望，会让老船长失望，尽管我本来不会关心他，我会让安德雷娅和巴尔特失望。当然，巴尔特已经死了，可是他仍在这里，我从来没像现在这样强烈地感知到他的存在。没错，我要先去还书，然后我可以走进荒野，让雪把我掩埋。男孩想。但他也知道，他得仔细选个地方。让雪掩埋，死去，这很容易，但是不要忘了，夜晚和降雪会让人迷失。就算男孩以为他躺下的地方位于荒野之中，远离所有的房屋，那里也有可能只是一座小农场上方的斜坡。等到几天或几周之后，雪化了，就会露出他的尸体。天气和昆虫啮咬会让他的尸体面目全非，他的双眼会被乌鸦啄去，只剩空空的黑洞，一个小女孩或小男孩从旁边路过，看到他的尸体后，心灵的创伤永远都无法平复。死是危险的。见鬼，我还是接着走吧。男孩失望地想着，同时大声地说了出来。他继续跋涉，踢开积雪，用脚感受着是上坡还是下坡，避开斜坡，保证自己一直走在山谷中间。不过夜色越来越浓，雪越来越厚，到最后他都搞不清自己是在往上坡走还是往下坡走了。不过风不断吹着他的后背，让他知道自己仍然是在往南走。他需要在某个地方转向东边，才能走过荒野，穿过高地。这太难了。他的脚累得他都要哭了，最好能休息一下。男孩摸索着，想找到一处巉岩或足够大的岩石，可以让他躲避北方吹来的风，那风很冷，冷得轻而易举就能把他冻成冰。他找到了躲避的地方，开始把雪往身旁堆，直到堆起了一堵雪墙和半个屋顶。当然那根本不是屋子，只是个雪洞，但他终于能躲开冷风和降雪了。他太累了。疲惫感是如此强烈，充斥着他的每个细胞、每个念头。从他上次醒来到现在，从他在培图尔的嗓音中睁开眼睛进入巴尔特还活着时的那个世界到现在，或许已经过了二十四小时了。那究竟是多少年前的事呢？他心想。风在外面呼呼地吹。男孩的脸冻木了。他毛衣外面结的冰开始融化，身上湿透了，脸上湿漉漉的，很难说他在梦中或醒着时是不是哭过。梦里并非总有避难所，有时根本没有。不过要当心啊，孩子，不要睡得太久太熟。在这样一个雪洞中，在这样恶劣的天气中，睡得太熟的人会再也醒不过来。然后春天来了，一个小女孩到农场上面摘花，却发现了你，你不是花，只是一具正在腐烂的尸体和噩梦之源。

地狱就是不知道自己是死是活

地狱就是不知道自己是死是活。

我活着，她活着，他们活着，他死了。

这种简单的变化带给我们的打击，如同狠狠砸到头上的大棒。关于这个男孩、风雪、小屋的故事，几乎让我们忘记了自己的死亡。我们已经不在人世，我们和你们之间横亘着无法名状的间隔，除了失去生命，再没有任何方式能让人跨越这一中间地带，也没有任何损失能比失去生命更严重。然而你们知道，在很多故事中，死者都会跨越不可测度之地，出现在人们面前，可他们从不会带来任何重要的信息，从不会讲述关于永恒生命的重要消息，怎么会发生那样的事呢？

一首诗中说，死亡是进入纯粹的白色世界。

我们得承认，我们直到生命的最后一刻都畏惧死亡，只要还能坚持，我们就会与死亡抗争，直到某种力量前来熄掉所有的光。但是在恐惧的同时，我们也感到好奇，我们怀着敬畏之心，犹犹豫豫地准备一探究竟，因为现在所有的问题都将得到解答。就这样，我们死去了，然而什么也没有发生。我们闭上了眼睛，却又在原地睁开了眼睛；我们什么都看得到，但是没有人能看到我们；我们仍在身体之内，但是没有了躯体；我们仍能开口，但是发不出声响。几个星期过去了，几个月过去了，几年过去了，那些还活着的人离我们越来越远。最后他们也死了，我们不知道他们到哪儿去了。十年，二十年，三十年，四十，五十，六十，七十……我们要数到多少年？我们要上升到多高？我们悬停在这里，在大地上方，感到不安、惊恐和痛苦。我们的骸骨安静地躺在地下，骸骨上的十字架刻着我们的名字。单调沉闷就是一切，就是全部。我们如果还能发疯，肯定早就疯了。除了跟随你们和其他活着的人之外，我们唯一能做的就是不停地追问：我们为什么在这里？其他人去了什么地方？有什么能平息这种痛苦？上帝在哪里？我们不停地追问，但是似乎没有答案。或许只有神职人员、政客和广告商有现成的答案。

这里有时太安静了，能听到的只有我们的心跳，而这只会让人感到哀伤。我们死了，闭上了眼睛，从一切有意义的事物中消失了，然后我们又一次睁开了眼睛，我们的心脏仍在跳动，心脏是唯一知道自己任务的器官。目的地呢，那是我们永远无法触及的天空吗？我们在这里游荡，在我们与你们这些生者之间隔着某种看不见的东西。我们穿墙而过，穿过铁围栏或古老的木篱笆，我们在客厅里逗留，和你们一起盯着电视看，你们读报或读书时，我们的视线会越过你们的肩膀落到报纸或书本上。我们整夜坐在教堂墓地里，背靠着墓碑，腿蜷缩到胸前，双手抱膝，就和巴尔特感到冰霜逼近他的心脏时一样。在寂静的夜里偶尔会飘来微弱的声音，那些断断续续的简单的音符似乎来自远方。于是我们会满怀希望地说，是上帝，这是上帝到来时的声音，他来把那些等得够久且从不怀疑的人接走。我们就是这样说的，我们仍然乐观，没有彻底失望。不过那或许不是上帝，或许只是有人拿着一个小小的音乐盒躺在地上，在无聊时转动着音乐盒的手柄。

死去，意识到你在有机会珍惜生命时并未珍惜，这就是地狱。要知道，人这种创造物是奇妙的，不论活着还是死去。如果生活遇到了麻烦戛然而止，如果存在的状态被一分为二，人就会不自觉地开始回顾一生，翻检自己的记忆，就像是一只小动物在洞穴中寻找庇护。我们的情况就是这样。跟随你的生活是一种安慰，不过如果你不去善待自己的生命，反而做一些一直折磨你的事，那么这种安慰就会变成苦涩。当然，我们想触及的首先是我们的回忆，最后还是我们的回忆，回忆是把我们与生命联系到一起的纽带。我们回忆着我们真实地存在于世间的那些日子，在那些日子里飘着雪、飘着雨，在那些时光里，太阳带来温暖，夜晚带来黑暗。

但是为什么要把这些故事讲给你们听呢？

在绝望之外，又是什么可怕的力量把我们抛入这不可名状之地，让我们把这些关于逝去生命的故事讲给你们听呢？

我们的话语就是困惑的救援队，带着过了时的地图和取代指南针的鸟鸣。它们充满困惑，深感迷失，然而它们的使命就是拯救世界，拯救那将熄的生命之光，拯救你们，这样或许也有希望拯救我们自己。不过我们现在要暂时放下这样的思考和这些沉重的问题，再次回到那个夜晚和暴风雪中，找到那个男孩，把他从长眠和死亡的危险中及时解救出来。

男孩、村庄、尘世的三重组合

一

男孩并没有在雪洞中熟睡过去。梦乡向他伸出了温柔拥抱的手，梦乡可以消除他的疲惫。他累坏了，眼皮足有千斤重，美美睡上一觉是难以抗拒的诱惑。但是他挣扎着没有睡过去，他一直想着巴尔特，这让他清醒。悲伤的人总是难以入眠。男孩也想着安德雷娅，她送他闯进了风雪之中。如果他在这个雪洞中睡着，如果他听从梦乡充满诱惑的召唤，他可能就再也醒不过来了，至少在这一世。

男孩的良心就这样让他避开了睡眠和死亡。他需要还书，他不能让安德雷娅伤心，不能让巴尔特失望，他不能对不起回忆，不能对不起他的母亲和妹妹，他妹妹没能等到长大就死去了，那时她还是个小孩子，仍然崇拜着大山之外的哥哥。在这里熟睡过去会让他们失望，因此他从雪洞里爬了出来。

他很快站起身，又一次迎向漫天的大雪、黑暗的夜晚和满是寒冰的世界。

他在风雪中大口喘着气，继续前进。

男孩沿着山谷往上走。他要爬上荒野和高地，那里土地贫瘠，地面几乎是平坦的，因为冰川在很多个世纪以前削平了原来的山顶。极地的风吹在男孩后背，黑夜将他包围，雪在飘，白色的雪花在四周飞舞。男孩从未到过这么高的地方，从未离天空这么近，但是也从未离它如此遥远。他一步步地往前挪，所有的人都抛弃了他，除了上帝，可是上帝并不在这里。太冷了。他的头冻得冰凉，大脑变成了冰冻的荒原，荒原上能看到的只有覆盖着白色霜雪的冻结的土地，表面没有一点生命的迹象，不过在霜雪的下面隐藏着未熄的余烬、记忆、脸庞和语句——没有你，什么都不甜蜜。未熄的余烬可以融化白色的霜雪，向小鸟发出呼唤，唤醒芬芳的花朵。但是高地这里没有芬芳的花朵，只有冰霜和夜晚。男孩继续走着，时间缓缓流逝，早晨到了。接着早晨也过去了。他不再有什么想法，脚就像机器一样迈着机械的步伐，这样很好，不过他还是要小心，因为一切都有尽头，就连高地也不例外，有些地方道路会突然中断，突然停止，然后就是令人晕头转向的下坠。

男孩没有从高地的边缘跌下去死掉，这简直是奇迹。他对什么都不在意，霜雪和疲惫让他头晕目眩，悲伤又让他越发疲惫。不过或许他察觉到了气流微弱的变化。大地到了尽头，天空开始出现时，有些人是能感觉得到的。男孩犹豫着，小心地摸索着往前走，过了好一阵子后，他总算找到了下坡的路。那当然不是最好的路径，他在岩石上蹭破了皮，摔倒了，受了伤。不过他还活着，这是最好的结果了。他向下进入了通古达卢尔山谷。我们在夏天走进山谷，那时天空中的太阳暖暖地照着，绿草如茵，花朵绽放，我们甚至会成群结队地带着午饭到户外野餐，欢笑着体味幸福。我们会把去山谷称为去森林远足，因为在通古达卢尔有一大片树，弯弯曲曲的白桦树。它们最粗壮的树枝可以支撑起小鸟，但是无法支撑人的重量。男孩斜靠在树上，他把高地甩在了身后，战胜了白天和黑夜、睡眠和死亡。他走下山谷，向我们走来，向村庄走来。这是四月的第一天。

词语各不相同。

有些词语是明亮的，有些则是晦暗的。举例来说，四月就是个明亮的词。白昼变长，白昼的光明犹如刺入黑暗的长矛。某一天早晨，我们从睡梦中醒来，发现鸻鸟飞回来了，太阳更近了，绿色的小草从雪中冒出头来。捕鱼船在漫长的冬天里一直安睡，一直梦想着大海，现在又可以出发了。四月这个词是由光明、鸟鸣和热切的期待组成的。四月是最有希望的月份。

但是，上帝啊，男孩在山谷里跋涉时，绿意葱茏的日子又是多么遥远。他之前包好的午餐早就弄丢了，头脑里一片荒凉，手脚僵冷，背上的书是无比沉重的负担。那本书杀死了他最好的朋友，不对，应该说是他唯一的朋友。就在不久以前，他们两个还曾经肩并肩一起走出村庄。男孩边走边啜泣着，尽管他几乎没有哭的力气。现在是下午，雪已经停了。男孩尽可能沿着海滩走，或者是从群山和海滩间长满草丛的荒地走过去，那里最宽的地方有几十米。他在一条小河旁停了下来，凝视着福里特里克在河里安装的铸铁水管，这位中间商所在的特里格维商店在村里是最大的。长长的管子和很大的支架一半埋在地下，干净清澈的水从管子的一头流出来，从来不会结冰。福里特里克手下的人每天划船穿过潟湖去为店铺和准备出发的船取水，当然村子里不缺水井，但是井里的水不太好，混着海水，有时还很脏。有人认为往井里扔垃圾很有趣，甚至会往井里小便，有些人太奇怪了，就好像是魔鬼咬了他们的屁股。男孩大口喝下冰冷的水。他的目光越过潟湖，望着岬角处古老的丹麦商行，那是村子里最老的建筑，从十八世纪早期就在那里。两个仓库现在成了特里格维的库房，中间商的房子近年来一直是店铺主管的住所。据说那房子闹鬼，主管夫妇两人是唯一在那里住了一年以上的人，人们说这只是因为他们缺乏想象，看不到闹鬼的迹象。男孩眯着眼睛，想把那些房子看得更清楚，它们颜色发暗，这很可能是由于空气中的微粒影响了能见度，虽然天足够亮，但是从远处看不清细节。男孩继续往前走。喝完水后，他又有力量迈开双脚了，而且不用再在雪地里跋涉，也让他感觉好多了。海滩很平缓，走上去毫不吃力，既没有大石块，也与捕鱼站周围被汹涌的海水冲刷得高低不平的海岸不一样。接着男孩想起，就在四十八小时之前，他还和巴尔特一起坐在床上，一面读书一面等着雅尼。男孩难过极了，于是从山边爬上去，坐到了两块大岩石之间，目光茫然地盯着前方。下午的空气变得沉重起来，渐渐进入了傍晚。

为什么要接着走呢？

他到这里干什么呢？

难道他不应该待在捕鱼站，看着死去的巴尔特，然后把他的遗体带回家吗？朋友是干什么的呢？难道友谊不是要征服坟墓和死亡吗？男孩叹了口气，因为自己背叛了一切。他在那里坐了好长时间。又开始下雪了。在那片山谷里会有很多人想念巴尔特，那里是不是也在下雪呢？也有可能那里看得到月亮，月亮在云朵间穿行，巴尔特的恋人是不是走到了门外望着月亮呢？巴尔特总是在晚上八点出门望着月亮，与此同时，她也会站在农舍外望着月亮。尽管他们相距遥远，尽管他们之间有群山相隔，但是他们都凝望着月亮。自古以来，恋人们就都是这样做的，也正是因为这个，月亮才挂在天上吧。

男孩又开始往前走。他沿着海滩走去，直到来到教堂，在那里拐了个弯，再次踏进了雪地。男孩在教堂的院墙上靠了一会儿，望着隐藏在落雪背后的村庄，看了看挨着教堂的房屋。一两扇窗透出微弱的灯光，很多人都已经上床了，不过睡得还没有他身后那些人那样熟。他仍能辨认出伯瓦尔德牧师踩出的路，从教堂通到他所在的街道。男孩沿着伯瓦尔德的脚印往前走，这样走起来轻松一些，不过还是要费力气。餐馆所在的街道落满了雪，伯瓦尔德的脚印越来越浅，最终在那里消失了。男孩站在街道中间，雪花落在他的身上。他的左脚有一百公斤沉，右脚有三百公斤沉，在他和餐馆中间有太厚的积雪。他也可以在原地站到早晨，等着卢利和奥德尔在早晨来到这里用他们的铲子铲出一条路。不过男孩没有那样做，他并不知道卢利和奥德尔这两个人，更不知道他们在冬天的工作就是铲除村庄街道上的雪，他们的这份固定工作可以从九月一直做到来年五月，这真是不可思议的好运气。该死的，为什么好运气总是跟随某些人，却抛弃其他人呢？街道上有八栋房子，都很整洁。男孩从积雪中蹚过去，走近那些房屋和盖尔普特的餐馆。现在，他已经把自己熟悉的生活留在过去，在他前面是彻底的未知，唯一确知的就是他要去还书，并带去巴尔特死亡的消息，告诉人们唯一有意义的事物已经不在了，而且永远不会再回来。那他为什么还要活下去呢？为什么呢？他对着雪花喃喃自语，但是雪花没有回答他，它们只是无声地落到地上，一片洁白。

现在我要往里面走，去还书了。谢谢您借给我们书，这本书写得真好，没有你，什么都不甜蜜，它杀死了我最好的朋友，在这该死的生活中唯一能找到的好东西。也就是说，谢谢您借给我们书，然后就要说再见，或者忘了说再见，只是转过身走出去，奋力走向旅店——世界末日旅店，找个地下室，晚些付款，或者说，永不付款，因为第二天或第二天晚上就该自杀了。自杀这个念头骤然产生，男孩突然间就有了解决方案。就是这样，自杀，然后所有的不确定就都被甩到身后了。他想到要感谢上帝，但是有什么阻止了他。巴尔特跟他讲过自杀崖，他可以到那里去，从那里跳下去实在是太容易了，大海会处理余下的事情，它受过良好训练，知道该怎么把人淹死。男孩真想立刻动身前往那处悬崖，但他实在是累坏了，而且饿得要命，另外他还需要去归还那本书。男孩在雪地里走完了最后几米，走得很慢，很艰难。

整个村子都看不到人影，人都在屋子里，雪地里只有这个男孩，他饥寒交迫，连去死的力气都没有了。

二

在一天里，在一天一夜里，可以凝缩多少个年头呢？男孩推开盖尔普特餐馆的门时，已经不再是十九岁的少年，而是个历经沧桑的中年人了。然而就在大约四十八小时之前，男孩才第一次与朋友巴尔特走进这家餐馆。男孩对巴尔特的思念太强烈了，他把前额抵在门内的墙上，站了好长时间。怎么称呼门口的这一小块地方都可以，那里类似于入户走廊。陆路邮差詹斯通常都把他的箱子和袋子放到那里，直到西格尔特医生自己来或打发别人来把邮件取走，而詹斯自己则靠喝啤酒来遗忘生活的艰难。男孩大睁着眼睛盯着面前的墙，然后低头看着几双用海豹皮做的鞋。客人们的鞋如果沾上了泥土和秽物，就要在这里把鞋换下来。很多人都觉得这太没必要了，太过分了，一些人固执地不想换鞋，不过他们只要想进店里就必须让步。如果能有希望喝上一杯啤酒，又有谁会拒绝到底呢？我什么都不会脱掉。男孩默默想着。不过另一方面，他需要再打开一扇门才能进入餐馆，里面这扇门是朝着店里开的，这样客人走进店时就不会把寒气带进来了。生活就是要奋力控制住寒冷。三十年，男孩嘟囔着，我上次和巴尔特到这里都是三十年前了。他看着店门，那扇门的模样原来是这样的，门把手原来是这样的。真漂亮，他想。但是他接着就什么都看不清了，泪水涌出了他的眼角，模糊了他的视线。男孩并没有哭太久，几滴眼泪，几艘重载着悲伤的小船沿着他的脸颊滑了下来。

男孩深深吸了口气，打开门，被门上面叮当作响的铃声吓了一跳。

他立刻就看到了坐在最远角落里的三个人。他当然会看到他们，里面没有别人，只有这几个人和十张八张空桌子。他们都抬起头看着他，接着某种让他无法接受，让他鄙视自己的事情发生了，男孩的羞涩压过了悲哀和伤痛，让他脑海一片空白。他只感到不安和犹疑，不知道自己应该做什么。他唯一想到的就是坐下，于是他坐下了，坐在尽可能离那些男人最远的桌边。男孩侧对着他们笔直地坐着，身上还带着雪。室内很暗。墙上亮着两盏煤油灯，那三个人的桌上点着一支蜡烛，一盏沉重的枝形吊灯挂在屋子中央。男孩上一次来餐馆就被它吸引了，不过现在他眼中什么也没有。他身上的雪开始融化，他望向窗外，就好像他在暴风雪和黑夜里跋涉了三十六个小时，只是为了坐在这里望着窗外一样。接下来几个小时里，他会有很多事要忙。餐馆里有六扇窗户，全都映照着幽暗的灯光和烛光，成了昏暗的镜子。男孩几乎看不到外面的夜色。他更像是个独自坐在桌边的白痴，身上的雪化成了水。我是个小人物，当然会和雪一起融化，变成干涸的水坑，变成一个黑点，然后消失。他厌恶地看着窗子映出的自己的模样，这对他简直是一种自我惩罚，但是最后他低下头来，看着桌面，桌面就是这样的，人可以把时间花在看桌面上。不过只要他抬起头来，就能看到那三个人，能认出科尔本和他失明的眼睛了。巴尔特曾说：科尔本脾气像海狼一样暴躁，可我很喜欢他。男孩发现自己根本不可能喜欢科尔本——首先，他太他妈的凶恶了；其次，他像条脏狗；最后，我明天就要死了。不过科尔本有很多书，是真正的书，不是韵文和民谣，也不是《圣经》、赞美诗和布道文章之类的东西，而是诗集和教程。一个坏人怎么会有这么多书呢？读书应该让人变成好人啊。男孩想。

他太天真了。

男人们开始聊起来，肯定是在取笑他，糟糕的是，他们说的男孩一个词也听不懂。他们发出的是他完全无法理解的噪声。他先是惊奇地听着，最后断定那肯定是鳕鱼的语言，他从未听过那么奇怪的语言。男孩微微抬起了头，瞥视过去，他不再需要像被卡住脖子那样转眼睛了。他从未见过另外两个人，他们的身材都高高大大的。肯定是渔民，从船上来的，男孩想，否则他们会待在捕鱼站。但愿今晚魔鬼会抓住他们，把烧热的棍子塞到他们屁股里。这样想让他打起了一点精神，有精神当个坏蛋了，人在有点坏时就不会害羞了，他也不再是与雪一起融化的可怜虫。现在他坐在那里，什么都没有在意，对所有的事、所有的人都不在乎。他在想，他们的方言是不是叫鳕鱼话呢？然后他发现身上的雪化得更快了，地板上出现了一大摊水。该死。我应该在门口把身上的雪拍打干净的。真该死。那位海尔加不愿意有人把泥水带进来。我可不想跟她有什么纠葛！巴尔特曾说，真该死，要是我有时不那么怕她就好了。

如果巴尔特都怕这个女人，那我可能就该是畏惧她了。男孩坐在被雪水弄湿的凳子上，心想。

那些男人像鳕鱼一样大笑起来，当然是在笑他。渔夫们有必要懂鳕鱼话，那样他们就可以把头扎到海里对鳕鱼喊话，然后他们的船就会装满了鱼，那该多好。鳕鱼话里死亡怎么说呢？或许是omaúnu，嗯，开头字母应该是大写的：Omaúnu。男孩斜着眼睛往侧面看了这么长时间，所以眼睛很不舒服。和科尔本在一起的另两个人或许是他在船上的老伙伴，跟他一样渐渐上了年纪，其中一个肩膀宽阔，秃顶，眉毛特别长。另一个留着短发，头发花白，最惹人注意的是脸上土豆一样的大鼻子，和中等身材的人的手掌差不多大。两个人都是大胡子，不加修剪的胡子垂到胸口，让他们更显得老成。或许我该留胡子，男孩想，不到一个月就能满脸都是胡子了。不过他接着又想起自己明天就要死了，于是彻底打消了留胡子的念头。男孩突然站了起来，他几乎都没意识到自己在做什么，就略感困惑地站在了两张桌子之间。正在交谈的几个人停了下来，看着男孩，除了盲人科尔本，他翘起下巴，侧耳朝着男孩的方向，就好像耳朵是有缺陷的眼睛。他们面前的桌子上放着几瓶嘉士伯啤酒，其中一瓶几乎是满的。男孩向前走了三步，伸手拿起瓶子，把啤酒倒进喉咙。接着男孩看到了站在柜台边盯着他的海尔加。真糟糕，他突然成了他们关注的焦点。男孩转过身，打开袋子，拿出了那本书，打开包装，把书捧在手里，就好像它是一份宣言，或者一个象征。他对科尔本说：巴尔特请我表达他对借书者的谢意。

老海员没有回应。其他三个人也没有。他们只是看着男孩，等着他说些别的。

但是男孩的头脑里好像扣上了一层可恨的罩子，让他不十分确定自己在想什么在说什么。他觉得自己刚才可能什么都没说，只是把书举过了头顶，什么话都没说。于是他用力清了清嗓子，深深吸了口气，全力以赴地宣布：

巴尔特请我表达他对借书者的谢意。

他的确乐于继续阅读此书并用心记诵更多诗行，然而不幸的是这一切已不可能发生，他因忘记带防水服而死于寒冷，我们把他的遗体放到了鱼饵桌上，我看他最后一眼时他就躺在那张桌上。

非常感谢你们。

男孩草草结束了这段话，小心地把书放到三个男人旁边的桌上，弯下腰拿起他的连指手套，套在手上。我感谢他们什么呢？他想，我一向都是个可恨的傻瓜。他把袋子甩到肩上，往门口走去，但他没能走远。他感到有什么沉重的东西压到了左肩上，一只手，或是天空。他摔倒了，他的脚再也支撑不下去了，就是这样，他的脚不再踩在地上。男孩摔倒在地板上，瘫在那里。他失去了知觉。

三

这个村庄里住了大约八百个人。

八百个灵魂承载着很多东西。

很多个世界，很多个梦想。一大堆事件，英雄主义和胆小怯懦，背叛和献身，好的时代和坏的时代。

有些人以引人注目的方式生活着，他们的存在会影响周遭的环境；其他一些人活了很多年，甚至能活过八十年，什么都影响不到，时间在他们身上流逝，然后他们去世，下葬，被人遗忘。活了八十年，却没有真正生活过。我们甚至还可以谈到生命的背弃，因为有的孩子还没能等到会说话就夭折了。胃疼，肚子疼，重感冒，接着木工罗恩就要打一口小小的棺材，一个小小的盒子，圈住一个小小的生命。他们的全部存在就只是几个不眠之夜，无法抗拒的眼睛，小得几不可见的泪滴。那泪滴太小了，能存在简直就是奇迹。生命如朝露般短暂。在我们醒来时，那些生命就已经离去了，我们唯一能做的就是从我们的心灵深处，从我们的心脏跳动、梦想栖居之处，深切地期望每个生命的到来都有其价值，都有其目的。

数字没有想象力，因此不能太指望数字。地图数据显示，这里的山有九百米高，这绝对正确，有些时候它们就是九百米高，但是某天早晨我们一觉醒来往外望去，就会发现那些山长高了很多，至少长高了三百米，它们触到了天空，而我们的心也随之萎缩了。在那些日子里，弯腰去拿晾鱼场上的旗鱼并不容易。群山不再是风景的一部分，它们就是全部风景。

村子所在的沙地岬角就像弯曲的手臂一样伸入狭长的峡湾，几乎横跨了整个峡湾。海水被挡在岬角内，很容易结冰，变成平滑的冰面。我们对着月亮吹口哨，带着冰刀从房子里跑出来。这个地方通常是安宁平静的，因为大山把风挡住了，不过别以为我们的村子会永远宁静，天使从我们头上飞过时，落下的羽毛会飘向我们，这样的事情当然会发生，但是别急着下结论，因为狂风在这里一样可以长驱直入！大山加深了寂静，同时也会放大风力，狂风会野蛮地吹进峡湾，极地的风充满暴虐的恶意，能把所有没拴牢靠的东西都刮走。大梁、铲子、手推车、屋顶的砖瓦、整个屋顶、靴子、理想、爱的温暖表达，全都不剩。风在山林间呼号，在海上卷起大浪，咸涩的水倾泻在房屋上，从天花板漏下来。等到风停了之后，我们活着走出屋子，就会看到街上全是海草，仿佛大海在我们头上打起了喷嚏。不过风浪总会复归平静，天使的羽毛缓缓飘落，而我们站在海滩上，听着轻柔的海浪一下下地慢慢拍上来，躁动不安已经平息了，血液的流速慢了下来。大海变成了充满诱惑的大床，我们渴望能躺上去，我们知道大海会摇我们入睡，绒鸭上下翻飞，嘎嘎地叫个不停，即使想到那些被大海召集走的人，我们也不会感到那么痛苦了。

四

男孩睡得很熟，什么都不知道。

梦到了生命，梦到了死亡。

一些死去的人会出现在一场梦里，因此醒来可能是痛苦的。男孩在黑暗中动了动身子，他过了很长时间才恢复了知觉，才能够区分现实和梦境、生命和死亡。他躺在床上，像只受了伤的动物一样痛苦，接着又睡着了，就像一块石头沉入了梦的大海。

有时最幸福的就是熟睡，在睡梦里你是安全的，世界不能影响到你。你梦到了一大堆方糖和阳光。

五

盖尔普特不是本地人。似乎没有谁确切知道她在哪里出生、在哪里长大，只知道有一天她和老古特杨一起来到了这里。盖尔普特比老古特杨年轻三十岁甚至三十五岁，头发黝黑，身材高挑，乌溜溜的眼睛煤一样又黑又亮，鼻子上一些暗色的雀斑让她显得纯洁天真。有人说，那个老男人当然是因为这点迷上了她，尽管他已经对生活感到厌倦。雀斑从来都是不值得信任的。另一方面，人们都知道古特杨，或者说至少都曾经听说过古特杨这个人，他是这里土生土长的，祖上家境富裕，有很多土地。他开了个渔业公司，在邻近的峡湾购买了一个挪威捕鲸点的股份，赚了很多钱，就连大商人列奥和特里格维也奈何他不得，尽管他们可以控制他们想控制的一切，比如盖什么房子，铺哪条路，谁能领到教区的补助，谁上天堂谁下地狱。古特杨当然还没他们那么有钱，他们是德国人和英国人，而古特杨可能是瑞典人，我们则只不过是冰岛的牧区居民。古特杨很早就娶了老婆。早婚在这里是司空见惯的事。我们都早早就成了家，这样在黑夜和寒冷统治世界时我们就能躺在一起取暖了。古特杨早年的妻子来自中产阶级家庭，苗条的身材，浅金色的头发，总是笑哈哈的。古特杨则身材壮硕，个子比一般人高，年纪不大时就长得很强壮，也很容易冲动。他会把那个女孩压死的。人们调侃说。当然，她没被压死。古特杨对她温柔以待，他们生了三个孩子，一起生活了差不多三十年，然后她过世了。他们房里有一架钢琴，有很沉重的家具，一块地毯，还有西格尔特松的肖像。西格尔特医生住得并不远，然而古特杨的妻子还是死了。古特杨一直没能从妻子的死中缓过神来。他生活的根基垮掉了，他开始酗酒，在最漫长的夜晚，他和牧师做了各种不光彩的事情。但他的儿子们都进了很好的学校学习，一个儿子甚至进了哥本哈根的学校，在那里做生意并安了家；另一个儿子在雷克雅未克做了官，是地区行政长官的手下。两个儿子从不会回到这里。他女儿当然学会了弹钢琴和做针线活儿，知道如何行屈膝礼，如何在宴会上谈吐优雅，还学会了三种语言，会读长篇小说。她会弹肖邦的曲子，开着窗户弹琴时迷住了一艘挪威捕鲸船的船长，第二年她搬到了挪威，那以后我们再也没见过她。老古特杨独自留在家里，烦躁不安、闷闷不乐，成天不是蒙头大睡就是喝酒，结果变得越来越胖。他从一个英国船长那里给自己买了把手枪，多年来曾有三次举起枪对准了自己的太阳穴，不过他从未有勇气扣动扳机，进入死亡的国度。

然后他遇见了盖尔普特。

老古特杨多年以来养成了长途旅行的习惯，大多数时候，他都是出国旅行。在冰岛，除了群山、瀑布、草丛以及能让你转变成一个诗人的极光之外，再没有什么可看的了。古特杨见识了这个世界，见到了不同的城市、绘画和城堡。他逃避自己，逃避孤独，逃避桌子抽屉里的那把手枪。他曾一路跑到埃及，在那里凭着拳头和暴脾气打倒了三个小偷。与此同时，他的朋友罗翰恩替他管账，维持公司正常运转。罗翰恩经常为此感到焦虑。罗翰恩是个优秀的人，又活了很多很多年才去世，他死后肯定直接上了天堂。古特杨最长的一次旅行去了英国、德国、意大利，见到了教皇，还在伦敦亲耳听过狄更斯读书，五个月后，他和盖尔普特一起回来了。

盖尔普特额头高耸，表情中有种让人难以捉摸的东西——严厉或冷酷、傲慢或漠然、讽刺或怀疑，或许是所有这些的综合。她的雀斑也能把我们迷住。她在雷克雅未克酒店工作，古特杨对他的朋友们说：我只身一人，所以问她想不想看看这个世界，她问我有什么可看的，我说可以看罗马教皇，她的回答则是教皇不过是个衰弱的老头子。这可是亵渎神灵啊！伯瓦尔德牧师愤怒地说。古特杨耸了耸肩。不过她还是跟你走了。治安官拉鲁斯说。古特杨和朋友们的这场交谈发生在晚上，屋子里飘着浓浓的雪茄烟，他们几乎看不清对方的样子，直到有人想到要把窗户打开放进秋天的空气。屋里的烟味从窗户冒出去时，连天空都在咳嗽。古特杨看着未熄的烟灰，继续说道：我问她这一生最想做什么，她肯定会有些渴望经历的事情。她回答说，想在群山间古老的德国村庄里吃早餐。那就是我们所做的。于是我们在德国到处游逛，在山间的一个村庄吃了早餐，下午就在一个有三百年历史的山区小教堂举行了婚礼。老伙计，她只是想要你所拥有的一切。拉鲁斯难过而生气地说。你是自取其辱。伯瓦尔德本能地握紧拳头，加了一句。不过古特杨得意地说：你是在妒忌我能跟一个年轻女孩睡觉，她那么年轻，那么漂亮，皮肤又那么白，而且她比我聪明，她的话能让我用不同的方式去看世界。拉鲁斯继续说道：你不用娶她也肯定能把她弄上床，然后把她拖到这里来。你知道吗，人们可能在嘲笑你；你知道吗，她可能在等着干掉你，然后带上你的钱跑掉。古特杨直视着拉鲁斯的脸，他的蓝眼睛既能变得格外悲伤，就像一条衰老的狗，又能刺痛对方，让人害怕。拉鲁斯回避着古特杨的眼神，正准备开口向古特杨道歉时，古特杨清了清嗓子，往痰盂里吐了口痰，然后说道：生活对我们两个都没有意义，所以结婚是符合逻辑的，年龄差异并不重要。

他们两人先是在古特杨的老房子里住了一年，那栋房子很漂亮，而且守着村里的主要街道，位置极佳。可是古特杨说他不再喜欢那栋房子了。就在他与朋友们结束那场交谈的几星期之后，来自挪威的一艘大帆船载着事先劈好的木头驶进了港湾，那些木头变成了现在餐馆所在的房子。男孩正在这房子里熟睡，睡得非常沉。宽敞的两层小楼和高高的阁楼，这就是古特杨送给盖尔普特的结婚礼物。他们的房子建在村子地势最高的街道上教区长的住宅旁边，整条街上住的都是有地位的人，包括治安官、医生、富有的船长。

能跟古特杨做邻居，伯瓦尔德牧师感到特别高兴。他们是多年的朋友，古特杨的前妻还在世时，两家就走动频繁，她和牧师的妻子古特伦处得很好。牧师和他妻子是最先住在这条街上的，他们从教堂的旧农场搬了过来，那农场里铺着草皮的农舍已经开始显示出岁月的痕迹，有些地方歪歪斜斜，慢慢要塌掉了。农舍就在我们的教堂下面，教堂是村里最高的建筑，我们有点像是在用上帝的房子来和大山打招呼。教堂塔楼上有个雪白的十字架，只不过黎明时分常有两只乌鸦停在屋脊上，扯着沙哑的嗓子哇哇叫，就好像是在提醒我们别忘了永恒的黑夜。

伯瓦尔德每天早上去教堂请求上帝宽恕，赶在白天裹挟着一切喧嚣、诱惑和污秽迎接他之前，享受独属于自己的时间。伯瓦尔德曾经比一整艘船的船员都能喝，还有三个私生子，可是现在他是个虔诚的圣殿守卫者。他早早起床，走到教堂，对那些公然嘲笑他的乌鸦怒目而视，跪在圣餐桌前请求上帝帮他远离烈酒，因为罪恶和放纵会与酒相伴而来。他请求上帝原谅自己的所有越轨行为，然后回家吃早饭，回到妻子和孩子们身边，他们还没出家门，没有死去，没有结婚，没在学校。古特伦曾经对他说：如果上帝能宽恕你，那我就会试着原谅你。而她仍在试着原谅。他们有七个孩子，一个夭折了，两个最小的孩子仍住在家里，不过早晚也会离开，那时家里就会只剩他和妻子，还有清洁工。伯瓦尔德对此很害怕，他怀念在孩子们的吵闹声中醒来的那些日子。不过回忆过去并非总是那么轻松，他会在心里感受到过去，感受到悲伤和懊悔，因为自己不曾好好享受过去，不曾认真倾听，总是太过匆忙。需要写一篇讲道文章，需要从教区民众那里收取费用，那是他为社区做的工作，他在镇议会任职很长时间，加入了一家戏剧公司，还要喝酒，各种事情占用了他的大部分时间，几乎没有多少时间留给孩子们。那些孩子气的问题能让我们更接近童稚的天真：爸爸，为什么太阳会落下？为什么我们看不到风？为什么花不能说话？夏天黑暗都去了哪儿？冬天光明都去了哪儿？为什么人会死？为什么我们要吃动物？它们难道不会悲伤吗？世界要在什么时候毁灭呀？

盖尔普特的房子，也就是她收到的结婚礼物，是村里最像样的建筑之一，比教区长的住宅大不少。地上铺着地毯，客厅里挂着很重的吊灯，还摆着一架钢琴。古特杨有时会失望地捶打琴键，说这样就是在演奏。朋友成了邻居，让伯瓦尔德很开心。在这世界上能有个朋友真是太好了，这样你就不是那么无助了，你可以对他述说和倾听，用不着小心戒备。这里冬天的傍晚是如此漫长，将黑暗从一个山头串联到另一个山头，孩子们睡着了，一切都安静下来，我们有了阅读和思考的时间。不过孩子们睡熟之后，天真无邪就会离开我们，我们或许会想到死亡，想到孤独，这时能与朋友为邻就太幸福了。能在办公室或古特杨的书房里抽烟，看着烟头一明一灭，看着烟慢慢烧掉，真是无比美好。伯瓦尔德和古特杨能这样一坐几个小时。他们谈论政府，谈论丹麦人，谈论捕鱼，该不该禁止使用贝类做鱼饵，村子是不是应该给一艘汽船投资。他们还会讨论市政问题。能谈论外面世界的问题，对古特杨来说是很大的解脱，那些问题更加明晰，那些词语不会让心灵烦忧，不会触碰到我们内心深处的伤口。他们会互道晚安，然后古特杨就迈着愉快的步伐从教区长住所走到他挪威式房屋，愉快的二十八步，很好的消遣。不过伯瓦尔德总是搞不懂盖尔普特。她彬彬有礼，这用不着怀疑；她神采奕奕，对他微笑，问他容易回答的问题。可是伯瓦尔德总觉得在她的外表下潜藏着什么东西，那或许是嘲笑，或许只是不尊敬。这个原本在雷克雅未克一家酒店工作的女人，出乎意料地跻身于层次更高的市民之中，但是她对此没有表现出多少感激，这让伯瓦尔德心里不太痛快。举例来说，作为有钱人古特杨的妻子，盖尔普特没过多久就接到了加入夏娃俱乐部的邀请。这个俱乐部的成员是二三十位女士，她们定期聚会，讨论人生和世界，讨论各种缺欠和通奸行为。她们出资支持孩子们的圣诞节露天表演，为那些被大海夺走了丈夫，身边只剩下一大堆孩子的妻子募捐，有时她们还会请有知识的人来给她们上课。盖尔普特只参加了两次活动。当牧师的妻子古特伦来做客，问她为什么不再去参加俱乐部的活动时，盖尔普特对古特伦解释说：可惜我不喜欢整晚坐在那里面对糖果甜品，听那些女人谈论一些显而易见的事情。你或许比我们更优秀。古特伦礼貌而冷淡地回答。

为什么这么说我呢？

古特伦不作声地看了盖尔普特好一会儿，盖尔普特回视着她，目光带着疑惑，甚至是天真。我们出于好意邀请你，我出于好意来你这里，好意可不是能在街上随意找到的零钱——

可我不想找人做伴。比古特伦年轻的盖尔普特打断了她。

你是在叫我走开吗？

没有，我只是不想找人做伴。

我不得不说，你不是很友好。

我没想对人不友好，我只想尽量诚实。

她们坐在后来改成了餐馆的客厅里。客厅很雅致，厚厚的地毯消掉了所有声音。要不是年代悠久的落地大座钟在角落里嘀嗒作响，屋里就是一片沉寂。古特伦低头看着蓝白色的瓷茶杯里的半杯茶，盖尔普特用大杯子喝着咖啡，海尔加送进来更多的咖啡，盖尔普特就和喝水一样把杯里的咖啡都喝掉。古特伦等着海尔加离开。海尔加是盖尔普特从雷克雅未克请来的，这位默不作声的管家与房屋的女主人一样脾气暴躁，不善交际。门在海尔加身后关上了，宽敞的客厅里又只剩下了古特伦和盖尔普特，于是古特伦问道：难道你一点都不想感谢吗？

感谢什么？盖尔普特看起来很吃惊。

难道要我讲得一清二楚吗？

没错，不好意思，你最好讲清楚。

那好。古特伦回答。她在椅子上坐直了身子，死死盯着眼前这位年轻女子。人们熟悉这种眼神，它的威力能穿透墙壁，伯瓦尔德最怕的就是她这种眼神了。古特伦慢慢说道：像古特杨这样的一个男人，一个绝非庸常，而且极为富有的男人，娶了你，让一个普通的女孩子，一个女服务员，跻身他的阶层，难道你认为这是再平常不过的吗？难道你认为，我们这些人无条件地欢迎你加入我们的群体，甚至像长辈一样喜欢你、容忍你，是普通寻常、自然而然的吗？

抱歉，我不是普通人，抱歉，我不是女孩子。盖尔普特回答。

哦，你当然是女孩子。古特伦尖刻地说。她无法接受别人对她眼中显而易见的事情进行驳斥。你是个女孩子，我们先不讨论你是不是普通人吧，但你这个女孩子突然成了有钱人的妻子，你肯定会表现出来自下层人的一些特点。我这么说不是要批评你，我们就是我们本来的样子，但是人如果存有意愿和正确的倾向，就能学到更多的东西，你可以让自己适应一些风俗习惯，尽管它们或许不属于你的本性，但是你也需要与合适的人在一起。我觉得我不能不告诉你这些，比如说，你这个阶层的女人不会也不应像渔民的妻子一样从罐子里大口喝咖啡，我不得不说，这样做简直就是个渔民。你这个阶层的女人身子要坐直，不能跟没规矩的小孩子一样。

盖尔普特低下头，似乎是在检查自己的举止。她盘腿坐在宽大、羽绒般柔软的绿色椅子上，胳膊压在腿上，双手捧着咖啡杯，就好像是在暖手。她沉思了一会儿，之后并没有抬头直视古特伦，只是说道：我答应嫁给古特杨，因为他是个好人，因为我们在一起很快乐，因为我觉得我和他是平等的。

古特伦平静地把茶杯举到唇边，再放下茶杯时，杯子已经空了。你和古特杨不平等，你永远不会和他平等。她一边说一边站了起来，俯视着盖尔普特，接着说道：我猜想俱乐部的下一次聚会你也不打算来了。

抱歉，我对糖果没多少兴趣。

或者说对他人的陪伴也一样。牧师的妻子古特伦加了一句。

盖尔普特终于笑了。我们两个倒还能勉强相处。她说道。

对，古特伦回答，勉强。

很多人都说，盖尔普特不光彩地挤进了一个孤独的中年男人的生活，从而剥夺了他晚年生活的平静。的确，有一天，就在大街上，在阳光下，古特杨捂住了胸口，惶惑地四下顾盼，然后死掉了。盖尔普特继承了一半财产，这可不是小数目。在葬礼上，她一滴眼泪都没掉，但我们还是得说，她为了葬礼前的守灵仪式花钱毫不吝惜。守灵仪式盛大而又欢乐，就像是恶魔在参加仪式的人们下方点起了火。伯瓦尔德醉得一塌糊涂，最后和一个风流女仆贡希尔德上错了床，贡希尔德觉得和牧师在一起既愉快又好玩，她让伯瓦尔德一直穿着牧师长袍，这很有趣，不过他清醒过来之后就一点也不有趣了。两天后，伯瓦尔德加入了戒酒协会。不过守灵仪式上谁也没看到盖尔普特。

她肯定躲在屋里数钱呢。一个人说。我好像看到她从镇子往山上走了。另一个人说。没错，她可能是去和魔鬼，和她丈夫会面去了。第三个人说。不过不管怎么说，他们很多人都是在宿醉中醒来，和地下的古特杨一样，等着末日审判的到来。之后盖尔普特开了这家餐馆，地点就是原来房子的雅致客厅。她没有给餐馆起别的名字，但是我们有时会称之为酒吧馆、避难所或地狱之门。

六

男孩还在睡，睡得很熟，无知无觉。梦境有时会把我们从生活中解放出来，它们是世界背后的阳光。一月的一天，我们在傍晚消逝时躺下睡觉，北风摇撼着房屋，薄薄的窗户玻璃在风中颤抖。我们闭上眼睛，然后阳光就会洒在我们身上。那些住在山坡边，如此靠近世界尽头的人，都是擅长做梦的高手。男孩在熟睡。后来他醒了，慢慢地回到了现实中。

男孩醒来时天还没亮。

不过他感到夜晚在他身后，太阳就要从幽深处升起。

男孩小心翼翼，不情愿地慢慢睁开了眼睛。之前占据了一切的梦境分崩离析，成为空无，至多只留下一层笼罩在记忆上的轻雾，浮动了几秒钟后就消散无形了。他又闭上了眼睛，头脑仍然不太清醒。他经常想保持这种半梦半醒的舒适状态，一边是梦境，一边是清醒，他尽可能停留在中间，不让自己清醒过来。他想象着在有一架钢琴和手摇风琴的房子中醒来，房子的一面墙上都是书，住在这栋房子里的人考虑周到、见多识广，桌上甚至还有个苹果。可是现实永远不会让你逃得太远，你只能暂时逃避现实，生者与死者都在它的掌握之中，因此问题就是心智的健康，是天堂和地狱，是让现实成为更好的地方。白日梦退去了，连同苹果、思考者、钢琴和书。于是男孩想象着自己正在捕鱼站，他刚刚醒来，等待他的是出海捕鱼，而巴尔特还活着。他吸了口气，希望能闻到朋友汗津津的脚的气味，但是屋里的空气太好了，一点也不像在阁楼中醒来时那样憋闷——阁楼上是七个熟睡的人，没有打开窗的可能，七个人在喘气，在散发体味。

男孩睁开了眼睛。巴尔特死了，一切都变得冰冷。

他又闭上了眼睛。

生活是如此不为生者着想。

忧伤让他心情沉重，他感受到了心中的忧伤，但也感到尿憋得慌，压倒了一切感觉。尿憋得太厉害了，他不敢咳嗽，甚至不敢哭，仿佛胀满的膀胱稍一受力就会控制不住。这表明我是个大白痴。男孩想。他一时间只想鄙视自己，不过要撒尿的人总得去尿，憋得越久就越受不了。他慢慢从床上起身，发现自己没穿衣服。是谁脱了我的衣服？他蹲下身摸索着在床下找尿壶时不安地想。手碰到尿壶时，他叹了口气。他跪下来小便，一点也没弄到外面，感觉很好。这感觉真畅快，他舒服地叹着气，又一次流露出悲伤，觉得自己是个傻瓜。他坐在床边，直勾勾地看着前方，不带什么希望地呼吸着尿液温暖的气息。周围一片沉静，就连大海的声音都听不到。他的眼睛开始习惯黑暗，他辨认出了厚重窗帘后面两扇窗户的轮廓，外面似乎很平静，所以他们肯定会出海了。培图尔昨天白天会找到两名流动渔民，现在他们取代了他和巴尔特，坐在了船中间的坐板上。安德雷娅无疑在为他担心。我需要给她写封信，没错，当然要写，但是我跟她讲什么呢？男孩瘦削的身体颤抖了一下，他的身体并不强壮，但在常年劳作后还算结实。屋里有点凉，他把毯子拉过来盖在肩上，环视着周围。房间的大部分还隐没在黑暗中，或者只有模糊的轮廓，但他可以肯定自己从来没在这么大的地方独自睡过觉，睡在户外的天空下当然不算。床的两头很高，他能分辨出一个柜橱，有六个抽屉，不对，是七个抽屉，还能分辨出挂在墙上的画的轮廓。有把椅子，似乎坐上去会很舒服。男孩四下张望，想找他的衣服。他很伤心，但还是非常想试试那把椅子。那会不会是假的？是谁脱掉了他的衣服？当然是海尔加。这想法不太美好。这么说她是第一个看到他的身体的女人了。那本来该是另一个女人，比如说古特伦。他试着去想古特伦，去想念她，但是什么感觉也没有，就好像古特伦对他毫无意义一样。男孩站了起来，走到一扇窗户前，拉开厚重的窗帘。多云的四月之光洒到他身上，扫掉了黑暗，照在屋里。他的衣服放在床边的一把蓝色木头椅子上。他穿上衣服，狗一样闻着布料的气味，他的衣服从来没这么好闻过。接着他在笨重的扶手椅前站了好一会儿，抚摸着椅子，俯视着宽宽的扶手，嘴里嘟嘟囔囔，最后小心地坐了下来。这椅子软得让他难以置信，坐在上面太舒服了，男孩不由自主地微笑起来，同时却又使劲地咬着嘴唇。

天亮了，夜晚已经过去了。

四月的夜晚当然不算太黑暗，而且充斥着美妙的声音。你能听到水在流动，还有鸟鸣和飞虫的嗡嗡声，能看到土里的蚯蚓。生活变得更加简单。四月带着急救箱奔向我们，要来治愈冬天的伤口。

男孩坐在世间最柔软的椅子上四下打量，他望着窗外，望向四月青白色的云朵，尽量让自己去想上帝，但是转念间就又注意到了那个尿壶，那里面装着半壶冷却的尿液。白色的尿壶非常干净，就好像以前从来没人用过。他从来没见过这样精致的尿壶，之前他没有看清楚这件东西，不然肯定不敢往如此精致的器皿里尿尿。墙上挂着两张画，很大，他眯起眼睛辨认画上的物体，其中一张的画面是一座城。是外国。他咕哝道。想想吧，在我们生活的国家里，没有城市，没有铁路，没有宫殿，而且我们生活得离世界如此遥远，很多人对我们一无所知。何况我们又有什么值得让人知道的呢？另一张画不太清晰，他要站起来走上前去才能看得更清楚，不过那当然做不到了，坐在椅子上往周围看才更舒服。我可能足足睡了二十四小时。男孩想。他身体的感觉就是这样，很沉重，几乎是麻木的。身边不远处传来啪的一响，男孩吓了一跳，突然害怕会是巴尔特站在半明半暗的角落里看着他。门外传来脚步声，有人在大笑，是个男人，但肯定不是老船长，那笑声更年轻，更深长，显得欢快，而且那个老船长几乎从不大笑，或许只会低声怒吼。对科尔本的反感占据了男孩的思绪，这让他心情不错。坏脾气的老头子。他嘟囔道。那个男人又笑起来，他听到了一个女人的声音。真是不可思议，还有在早晨这么早就大笑的人。男孩站起来，拉开了另一扇窗的厚窗帘。用搭扣闩住的很大的窗户，他打开窗，吸入早晨清冷的空气。在他跌跌撞撞走进这间房子之后，雪就没有再下。他仰起头，看着村庄上方耸立的大山。早晨的光线还不是很清晰，好像模模糊糊的。在这样的高山下，天会大亮吗？男孩本能地从窗前后退，关上了窗户。房间里很快就变冷了，他最想做的就是重新爬上床蒙住头。等待他的还能有什么呢？只是呼吸，吃东西，上厕所，读书，在别人和他交谈时回应。人为什么活着呢？他想大声说出这些话，就好像在向上帝提问，或是在向这把漂亮椅子提问。不过上帝和椅子似乎都不可能回答他，因此他开始想到科尔本的那些书。可能有四百来本吧。男孩在同一个地方见过的书从来没超过二十本，除了在那家卖书的药店，他和巴尔特一起去药店时数过，当时那里有七十二本书。四百本书！男孩目光迷离地望着前方。那个男人又在大笑，不过这一次声音听起来有点远。男孩听到这远处的声音，抬起身子，站了起来，快步走到门口，打开门，小心地往外看。一条长走廊出现在男孩眼前。他肯定已经在那些厚窗帘后面睡了很长时间，不过现在他醒了，他想搞清楚自己为什么活着，想知道生活中是否有自己的位置。

男孩在门边犹豫着，环视了一下大房间，对它说了声再见，最后小心地把门在身后关上，慢慢走向长走廊的另一端。除了刚关上的那扇门之外，他走过了五扇房门和墙上的四盏灯。只有两盏灯是点亮的，因此走廊里有点黑。男孩凝视着那两盏灯旁边最近的画，仔细看过之后低声自语道：都是外国，异国的湖泊、树林、宫殿、城市。他非常慢地走下楼梯，下面传来两个人的声音，他在楼梯中间停住了，闭上了眼睛，深深吸了口气，做好了面对的准备。人在独处时可以轻易地欺骗自己，几乎可以缔造出一种个性，变得聪明、深思熟虑，能够解答一切问题，但是与他人相伴时就不同了，你要经受考验，此时你无法思考，不够聪明，有时简直是个该死的傻瓜，说着各种愚蠢的话。我肯定又会像个傻瓜一样，男孩边想边继续往楼下走，数到了十六级台阶。走下楼梯时，右边是关着的门，左边是有点长的过道，通往正门，门是半开的，那里站着个人，显然是刚才大笑的人。他个头很高，宽宽的肩膀，看起来很强壮，他穿着件蓝色夹克，上面有很多金色的扣子。是个外国船长，男孩想。从这个人的神态就能看出来，既坚定又认真的神态。这个人不用依赖咸鱼，也从来不需要活在大山的阴影下。船长看到了男孩。男孩仍然抓着楼梯扶手。我们总要抓住点什么，好让自己不会迷失，不会在边缘跌倒。能抓住的可以是扶手，不过最好是另一只手。两人的目光相遇了，外国人眯起眼睛，仿佛是在观望，或是想看得更清楚些。海尔加走进过道，她本来站在船长旁边的门口。她看着男孩，打招呼说：早上好，你睡着了。男孩松开扶手，不过接着又重新抓住了扶手，点了点头表示同意和问候。点头能表示很多意思，词语的价值或许被高估了，我们或许应该把大部分词语都抛掉，只需要点头、吹口哨和轻哼。海尔加看着船长，说了句外语，说得很慢，但是没有迟疑。她在解释我是谁呢，男孩想。船长看着他，不再是打量，而是露出了同情的神色，甚至是怜悯。他在海上航行，了解死亡，男孩想，仿若是以此解释这个外国人的注视在他心中注入的暖流。接着船长点了点头，抬起一只胳膊，张开手，转向男孩，然后他突然抬起头，好像是在犹豫，好像是在等待什么，不过接着他走了出去，门关上了。

那么。海尔加说。

“那么”，这当然是最重要的词语，它立刻能把两个陌生人联系在一起。

男孩向海尔加走去。她说：现在你需要吃东西。是的。他回答。

七

海尔加很难对付。巴尔特背着那本危险的史诗和他一起走出村庄时曾说。那是一万三千年前的事了吧？巴尔特说，你搞不清她只是在忍耐你还是喜欢你，搞不清她是不是厌倦生活，真该死，我有时都想大叫着朝她扑过去，只是想让她失控，想知道我们能不能看到她真实的模样，不论真实的她究竟是什么样。

不过巴尔特现在不可能大叫着朝谁扑过去了。那其实是幸运的，因为他死了，冻死了，每过一分钟生活就离他更远了一些，三十年后，他在世界上至多是模糊的回忆，那时我也会幸运地被人彻底遗忘。男孩就这样想着，或者说，他跟在海尔加后面，试图掩饰自己的焦虑羞涩时，这些想法在他心头一闪而过。我为什么要在她面前害羞呢？海尔加也是人，她的身体一样敏感，承受不住山崩，承受不住时间。时间一眨眼，她就成了角落里衰弱的老太太，只能回味着乏味的回忆和别人都想不起来的名字。

从走廊到厨房的路差不多只有十步，可是这些想法全都涌进了男孩的脑海。人的思想显然是宽广的，充满可观的机遇，但是这些想法大部分都荒废了，因为生活很快就流于平庸，机遇一年年地减少，大部分思想不是消失，就是成了黄沙漫漫的荒芜之地。

海尔加还不到中等身材，动作迅速精准。她能知道“犹豫”这个词，或许只是由于这个词太常见了。她浅棕色的头发在脖颈处结实地扎在一起，清晰地衬托出了脸部的轮廓，更突出了有点薄的嘴唇和微微翘起的鼻子。她穿着宽松的浅蓝色衣服，男孩无法确定她的身材是什么样的，对此也没什么兴趣。她肯定至少三十岁了。

他们走进厨房。男孩躁动不安的思绪和念头都像被枪打中的鸟一样坠落下去，因为科尔本坐在那儿。他正嚼着一片抹了厚厚一层黄油和肉酱的面包，无神的眼睛扫过男孩，如同冰冷的手。餐馆里的事情，他的怯懦，鳕鱼的语言，Omaúnu，这些东西在男孩的记忆里微微翻腾，立刻就开始嘲笑他。他醒了，那个孩子。海尔加对科尔本船长说。船长像一头老公羊般粗鲁地说了句什么。他在上午几乎从来没高兴过。海尔加对男孩解释说。男孩不知道自己该不该回以微笑。科尔本看透了太多东西，她继续说，所以很久以前他就明白，通常来讲高兴是没用的。男孩本想坐下，随即改变了主意，只是站在那里。他很想对那个怒容满面的船长做个鬼脸，想得要命却又不敢，结果只是看着海尔加动作麻利地切面包，接着咖啡开始沸腾。男孩非常好奇地看着四个大铁脚上面的烤箱，还有能容纳不同大小的罐子的四个盘子和金属架，他从来没见过这么大的烤箱，于是仔细观察着烤箱上面的装饰，好让自己不去想别的。坐吧。海尔加说。她没有转身。男孩立刻坐了下来。不过科尔本的性情还是乐观的，海尔加说，他在早晨甚至给我唱过歌。满面怒容的船长又在低声说着什么。海尔加把面包和咖啡放到男孩前面的桌子上，男孩感受到了她温暖的体香，想要微笑，却又迟疑了。对面大胡子船长的脸让他想到一大块黑压压的云，然而船长放在桌上的那双疲于劳作的手却又无比平静，像是睡着的狗，那双手和他的身体相比显得很大。男孩啧啧地喝下热咖啡，咬了一口面包，接着饥饿的感觉突然如此强烈，他不得不拼命克制，才没有把这柔软的面包一口全都吞掉。他强迫自己细嚼慢咽，因为周围的环境所需的礼仪和用餐举止要比他平时所习惯的更加优雅。海尔加端来盛在蓝色碗里的粥，他抬起头，不假思索地说着谢谢，说得如此真诚，让海尔加突然微笑起来。男孩看到她的微笑，有了打听离开的那个人的勇气。他是外国人吗？是的。她回答。她用蓝色的杯子给自己倒了一杯咖啡，在桌子另一端坐下。他是停在潟湖的另一艘船的船长，他们会在晚些时候起航，他是英国人。她小口地喝着咖啡，补充说。你会说英语吗？男孩认真地问道，语气带着敬意，因为懂另一种语言的人肯定比别人看得更远，知道得更多。会一些，我在美国生活了六年，不过他来这里可不是为了看我或欣赏我的英语。那他为什么来这里呢？男孩天真地问，不过只是一瞬间他就意识到了自己的天真或愚蠢，脸变得通红。海尔加噘起嘴，或许是出于不悦，或许是要憋住笑，科尔本面无表情。男孩把粥倒进嘴里，免得自己再说错话。

最好是继续走。

已经还了书，完成了任务，说了非常感谢的话，接下来就该决定是继续活着还是去死了。如果选择只剩下两种，而且是如此有决定意义的选择，人的精神就会振作起来。当然，去死要简单得多，只是一个决定，然后就一切都结束了，找根绳子，系上块石头，从悬崖上跳下去，再不回来，没有人会踩到他搁浅的尸体。

活下去就要复杂得多。

找根绳子不行，哪怕是很结实的一根绳子。要活下去，需要的东西多得多。生活是漫长复杂的过程，活着就是提出问题。比如说，到了晚上他要去哪里呢？之后的几个夜晚呢？几千个夜晚呢？他需要找工作，他不会再出海了，该死的，没有了巴尔特，他夏天不会在列奥的商店里工作了，不可能了。不过接下来呢，他需要吃饭，这得花钱。或许能与马格努斯或特里格维的店铺商量赊购一点东西，船不久就会起航，那时要做的事就会很多，勤劳的雇工会很受欢迎。没错，赊几天账，买一些必需用品当然不是问题，生存不是问题，更复杂的却是搞明白自己在这个世界有没有什么可做的。

那就是男孩所想的，他喝完了粥，拿着空勺子，目光呆滞，他的脸上没有自怨自艾，但是或许开始显得无助，因为他怎么能找到绳子呢？在大街上找不到绳子，生活总是会在我们的路上设置障碍，没有什么是轻而易举的。巴尔特从来没有解决不了的问题，然而他死了，再也不会用大笑感染周围的人了。

海尔加说了句话，男孩吓了一跳。什么？他问。但是她摇了摇头，嘟囔道：留给我的是一聋一瞎。男孩迅速地抬头去看科尔本，但是科尔本不在那儿，他刚离开。我只是……男孩沉默了，他想说几句话，但是没想到能说什么，他一下子忘记了所有的词语。

你刚失去了听力，现在找回了听力，又失去了声音，你真是迫不及待地想在这里转转了。海尔加说。男孩当然不知道她这么说是开心还是讽刺，他又一次觉得搞不清这个女人的意思，觉得害怕这个女人，于是沉默着点点头表示同意，跟着她走了出去，走向特里格维的店铺。我们需要牛奶、啤酒、粥、面包，海尔加说，我需要一头驮畜，是聋是哑都没关系，只希望你的力气不会突然从你的胳膊上消失。

八

天不再像覆盖世界的冰霜那样冷，街上的雪开始变软。是四月了。男孩走在街上。

好在海尔加什么也没再说，就像是把所有的话都留在了房子里。在他们穿好衣服出门时，她最后说的就是：盖尔普特晚些时候想跟你谈一谈。晚些时候？他问道，就好像没听懂这句话一样。盖尔普特不喜欢早起。海尔加这样说完以后就不再理睬男孩困惑的表情了。她为什么想和我谈一谈呢？男孩走在街上时想，是责备我没有把巴尔特从冰雪中救出来吗？海尔加走得太快了，他必须尽全力才能跟上她，而他的思绪却又纷乱芜杂。这条街叫月亮大街，他想。我们要走到大街尽头，然后就是海洋大街，然后一直走到岬角，不过那里是教堂墓地，我是不是该对死者吹个口哨邀请他们出来一起走走呢？人们沿街清理出了很像样的道路，海洋大街的路甚至更好，而且那里的雪都堆成了硬块，走在上面一点也不累。尽管有浓厚的云，天空却很明亮，时间可能是七点左右，大海是蓝色的，峡湾外的海面有些高低不平，似乎要结冰了。男孩走路时，身体暖和过来了，他的步子迈多大似乎不重要，他总是落在海尔加身后至少半步。马格努斯晾晒场旁边的房屋烟囱里冒出了烟，三个男人站在店铺外抽着烟斗，可能是三个外国渔民。在岬角较低的码头露出了两艘船的桅杆，船本身则被房屋挡住了。一艘船是圣洛维萨号，来自英国，船长安德森在盖尔普特那里日日夜夜消磨时光后，从头到脚仍然都是温暖的。三个男人的烟斗冒出的烟袅袅上升，青色的烟很快消散，化为乌有。男孩望着早晨空气中仿佛耸立在房屋上的桅杆，脑海里闪过了应该去美国的念头。这当然就是答案。或者去加拿大，那是个很大的国家。然后我会离大海远远的，离鱼远远的，我会学英语，读有价值的书。他还想继续想下去，但是他的想法也像烟一样消散了。道路在他们面前分了岔，海洋大街继续沿海而去，中央大街弯弯曲曲地绕过了马格努斯店铺外的角落，通向一排密密麻麻的房屋中间。这里的街道都被彻底清扫过，道路上几乎没有雪，雪都堆在路的两边。中央大街两边有八栋雄姿各异的房子，不，是九栋。一栋更漂亮的房子前面有两棵披着雪的小云杉，像是在从雪中往外窥视，它们如此青翠，让男孩一下停住了脚。他很想爬到雪堆上去碰一碰云杉欲滴的绿色，闻一闻树木的芳香。他抬起头，看到云杉上方的窗户旁有个年轻女子，她看上去正在擦拭什么，好像是个烛台。女子看到了他，对他甜甜一笑。男孩的幸福感油然而生，可是就在四十八小时之前，巴尔特在他身边冻死了。男孩困惑地把目光从那扇窗户挪开，不去看那双灵动的眼睛和甜蜜的微笑，跑着去追海尔加。海尔加的身影刚在拐角消失，他拼命快跑，就好像是要追赶自己，样子当然像个傻瓜。这很好，因为他本来就是个大傻瓜。

中央大街延伸到村庄的中心——中央广场。我们称之为广场，因为我们憧憬着没有咸鱼的生活，梦想着树木葱茏的广场，有长凳和雕像的广场。不过那会是谁的雕像呢？这是个问题，谁对生活如此忠实，配得上用雕像来纪念呢？

中央广场上覆盖着四月的雪，未来几天里当然仍将如此，云层意味着降雪，今天太阳不会怎么露面了。几乎没有人出门走动，实际上只有他和海尔加在外面，男孩绕到海尔加身边，他没能逃开自己。在他们上方的屋子里有人拉动窗帘，一张脸在向外望。这里会发生的事情有时少之又少，因此人们察觉到什么动静时就会跑到窗前。如果醒来时只是觉得又开始了一天，就会让人昏昏欲睡。海尔加朝着特里格维的店铺走去，那是栋大房子，大招牌清楚地标示着店铺的位置，长长的橱窗在夏天和秋天摆满了商品，不过现在橱窗里只有稀稀落落的物品。一个人夹着一小袋米走了出来，看了海尔加一眼，却没有打招呼。海尔加装作没有看见他，推开了门，他们走进店铺，门铃响了起来。

九

男孩眨着眼睛适应光线的变化。外面的雪太亮了，显得屋里很昏暗。店里有一小伙人，是店员和顾客。海尔加和男孩走进来时，每个人都不再说话，一双双眼睛先是注视着海尔加，然后注视着男孩，好奇的探寻的眼睛，有些甚至不怀好意。让人这样直盯着看，真是一点也不舒服。好心肠的地板啊，能不能张开嘴把我吞下去呢？男孩想。不过这太不可能了，地板从来没吞过人，地板什么都不知道，只知道要平整，要让人在上面走，因此他最好还是看看周围，在村里最大的商店选一选商品。这也是这一地区最大的商店，要找到更好的商店只能去南方的雷克雅未克，甚至要去哥本哈根，要穿过宽阔的海洋，那海洋深得危机重重，里面满是沉船、淹死的人、破碎的梦。

男孩当然来过这里，两年里来过三次。不过那时一切都显得不同，因为那时某些人还活着。四月的光从窗户照进来，不猛也不强烈。店里点着几盏煤油灯，不过商店太大了，而且四个又高又宽的储物柜分隔了空间，投下了阴影，因此灯光更难照亮整个店铺。柜台很长，有好几米长，后面是摆放着各种商品的货架，一些货架空着，等待着更多春天的船只带来物品把它们填满。停留在低处码头的两艘船所带来的只是煤炭和盐，还为盖尔普特带来了一位船长。男孩数了一下店里的人，数到九个人时，第十个人出现在一个柜子的一端，是个身材很好的高个子。他本来正在看商品，见到有人进来就想看看是谁。他盯着男孩看了很长时间。这个人是布里恩乔福尔，是停在斯诺瑞店铺边的一艘船的船长，他的胡子是暗灰色的。男孩躲开了他那双深得发黑的眼睛，往储酒房敞开的门里望去。他和巴尔特曾在五万年前走进过这间屋子，那时猛犸象还在地球上漫游。那时货架上几乎是空的，科涅克白兰地卖光了，威士忌卖光了，雪莉酒卖光了，剩下了五瓶波尔图葡萄酒，十瓶黑死酒，两瓶Svensk-Branco，九瓶红葡萄酒，生活的可能性就是这样一点点减少的。不过那里还有好几排不同种类的啤酒。库房里还有更多，店员告诉他们，他好像是从远处看着巴尔特和男孩，身子后仰，想看清楚他们两个人的差别，然后胡子下的嘴咧开笑了起来，带着几分高傲，那是男孩见过的修剪得最利落的胡子。巴尔特要了黑死酒。什么？不是红葡萄酒吗？店员发问时似乎有些吃惊。巴尔特把酒记到了他的账上，很简单，因为他的账很清晰。店员抬头看了看巴尔特后还说，好的，这不错。他们之间的距离消失了一些，从七百公里缩减到了两百公里。男孩充满骄傲，笔直地站着，巴尔特只是伸开了他强壮的手臂。我会这样拿着的。他们走了出去，酒瓶颈攥在巴尔特手里。走向捕鱼站时，他把酒喝到了瓶肩。不过巴尔特这一生从未再喝过更多的葡萄酒。现在那个该死的艾纳尔正把嘴对着瓶子呢，就像饥饿的海鸥一样贪婪地盯着瓶子。男孩想。

想到艾纳尔，想到他的贪婪和对巴尔特的死的漠视，男孩心中涌起的怒气暂时掩盖了羞怯，他走向柜台，海尔加正在那里以她的方式询问商品的情况，声音不大但是很坚定，毫无犹豫的迹象，甚至没有妥协的迹象。

唉，这世界上所有事物的划分是多不平等啊！

有些人可以这样站在商店柜台前，毫不犹豫地开口说我想要这个想要那个，不论他们指到哪里，店员都会顺从地走过去；而其他人只能请求，只能问我能不能把这个加上把那个加上，只能说如果能有一捧葡萄干真是太好了，上帝啊帮帮我，不要提那些高温熬制的丹麦糖果！然后我们会对着柜台后那些人的脸无力地微笑，不安地想着她是否会拿出那红色背脊的黑色大账本，账本里记着我们的欠款，我们对社会和他人欠的债就用数字写在上面，清清楚楚，无可辩驳，最终你只能放弃。我们大多数人永远欠着大商店的债，当然也欠着生活的债，不过那笔欠债会用死亡来偿还，但是就特里格维的店铺而言，情况并不会这样简单，因为父辈的债会传承到后代身上。尽管死亡是强大的恶棍，但它的力量并不会延伸到分类账簿上，男人死了，他的妻子、孩子、父母要替他还账。这与残忍无关，只是做生意，只是现实。现实就是这样。特里格维的店铺和列奥的店铺太大了，整个村庄都与之共盛衰，它们严格一致的管理让一切运转正常，为我们提供必需品。倘若管理疏忽，犹豫不决，那我们就完了，村子和村民都会穷困凋敝。福里特里克这样说过很多次，我们不会和他辩驳，除了低声细语，就像做祷告时那样。他控制着镇议会的大部分人，或者说大部分人都在他的影响下，几乎所有的决定都要先征询他的意见。不过海尔加不需要不安地微笑或表示礼貌。她只是把手伸进口袋掏钱付账。店铺里的那些人有的是来买东西的，有的只是在闲逛，在打发时间。在海尔加走进店铺之后，他们一直在等着这一刻。掏钱，付现金，这一时刻梦幻般甜蜜。加上两箱啤酒。海尔加对女店员说。女店员转身看着她的大胡子同事，大胡子顺从地点头说：没问题，我们这就去仓库里拿，然后我们会把货送到餐馆。他先是看了一下名叫莱恩海泽的女店员，她是福里特里克的女儿，然后彬彬有礼地微笑着看着海尔加。那就去拿吧。海尔加说，听起来几乎有点冷漠，她甚至都没抬头正眼看大胡子。大胡子脸上的微笑消失了。当然，我们这就去。说完，他看着站在旁边观望的另外两名店员，他们接受了任务，跳起来走向仓库。

门上方的铃又响了，一个苗条的高个子女人走了进来。她的眼睛是棕色的，就像因为诗句被冻死的巴尔特一样。你好，伯伦。海尔加微笑着对她说。伯伦也笑起来，她走向海尔加，两人拥抱了一下。看到海尔加这么开心，男孩目瞪口呆，他又一次感到困惑，还感到有点失落，因为海尔加和伯伦那两个女人走到一扇窗户前聊了起来，把他独自留在柜台边。莱恩海泽和名叫古纳尔的大胡子都看着他，然后莱恩海泽转身去拿了一杯水，在男孩和古纳尔的注目下把杯子举到嘴边喝光了。

她慢慢喝着水时，白色脖颈上纤小的喉骨缓缓滚动，像是睡眼惺忪的小动物。

储酒房里传来沉闷的铃声。古纳尔在暗自咒骂，他张开嘴，似乎想对莱恩海泽说点什么，但是最后什么也没有说，也许是不敢说。莱恩海泽的目光一直没有离开男孩，仿佛是好奇，仿佛是无法不去看他。古纳尔突然表情沉重，很不友善地看着男孩，然后他也注意到了铃声，于是走进储酒房。

是布里恩乔福尔船长。当大家的注意力都集中在伯伦和海尔加身上时，他借机进入了储酒房，他非常小心，但还是弄响了铃。看到古纳尔沉重的表情后，他烦躁不安地跺着脚。地板在他的大脚下嘎吱作响。人们有时会说，要把神灵请来才能打败他，因为他经历过海上各种恶劣的天气，有时天空仿佛即将爆裂，海上掀起了高出船只数十米的巨浪，空中只有疯狂呼啸的风声，甲板上没固定好的东西都被风浪卷走了，水手舱灌进了海水，里面的人们被抛来抛去，一切都泡在水里，而布里恩乔福尔就站在那儿，手握着舵轮，一双大脚稳如磐石，在令人恐惧的危险中面露微笑，他甚至会大笑，会愉快地高喊。有人说，那喊声充满狂野的兴奋。在这末日般的天气里，能听到的只有暴风雨令人疯狂的呼号和大浪拍击在船上的巨响，船在风雨波涛中飘摇，最有经验的渔民遇到巨浪都会颤抖，会躲在舱内恐慌无助地哭泣，然而布里恩乔福尔就带着充满邪气的笑容站在舵轮前。躲在船舱内的人，凡是抬头瞥见过他站在飞溅的浪花中间的，都会坚持说布里恩乔福尔的脸上洋溢着幸福的光彩。一个渔民曾说那是幸福、野蛮的表情。不过，在危机四伏的环境里面不改色是一回事；想喝酒，想喝酒想得难受，却是另一回事；如果欠了商店一大笔钱，因此完全要听古纳尔的吆喝，就更是另一回事了。这位古纳尔，不可理喻啊！布里恩乔福尔决定表现得谦和：亲爱的古纳尔，从你这里拿四五瓶啤酒应该可以吧？他尽量摆出温和甚至虔敬的神情，好让人忽略他一向倨傲生硬的语气。你要啤酒干什么？古纳尔嘲讽地看着船长，粗鲁地反问。船长小心地笑了笑，样子就像是正捧着一颗随时要爆炸的炸弹。问得好，他尽量友好地说，男人要啤酒干什么呢？！

男人要啤酒干什么呢？如果这世界就只是围绕着喝酒或不喝酒旋转，如果这世界就如此简单……

莱恩海泽看了男孩一眼，显然是在责怪他，就像是在用眼神捅他。男孩不知道自己该怎么办。

他该怎么对待那双手？那双长长的丑陋的手，总是挡在他的面前。

他该怎么面对那白痴一样的眼睛？

还有那怪异的双脚？

男孩感到备受折磨，每一秒钟差不多都和一百年一样长，随后他听到了莱恩海泽的询问：你是谁啊？她的声音听起来或许有几分好奇，但也有很大成分是傲慢。男孩需要鼓起勇气才敢看莱恩海泽的脸。他也正是这样做的：鼓起勇气，看着她的脸。两绺棕红色的鬈发垂到她的前额两侧。她的眼睛是青灰色的，颜色和山里某些地方露出的岩石表面一样，让人难以直视却又很难忽视。她真漂亮。男孩吃惊地想。

这点他完全正确。

莱恩海泽已经在店里工作了三年。我们最早时都说，她是福里特里克的女孩子，是他的掌上玥珠，是王者的女儿。不过大家很快就发现，从某种意义上看，她谁的女儿都不是，而是她自己，她在做决定时根本不会征询她父亲的意见。有些人很怕她，比怕福里特里克还厉害。她曾在最严酷的冬日拒绝人们赊欠商品，那时寒冷侵入了房屋，所有能结冰的东西都结了冰，不论是水还是希望，所有的食物几乎都吃光了，然而莱恩海泽只是指着债务的最高规定和一条条不讲情面的借款记录：糖果、烟草、又一份烟草、黑死酒、无花果。她能用眼神把质询的人从里到外冻成冰。她的嗓音拔高后尖锐无比，简直能把那些被大海磨炼得强硬坚定的成年人从肩膀向下一劈两半。可她刚刚二十一岁，生命力有时也会在她体内翻腾颤抖。

男孩从她那里得到的当然是冰冷无情的感觉，然而这却让他着迷，尽管这样着迷有些荒唐，无法解释。北极海的女王啊。他想。她的眼神让他完全忘记了自我，忘记了一切，只注意到她那棕红色头发衬托出的秀气的脸和脸上青灰色的眼睛。莱恩海泽身体微微前倾，低声说：或许你是哑巴？盖尔普特已经收留了一个瞎子，是不是想再给自己找个哑巴？男孩感到热血冲上了面颊。快说点什么啊，你这个傻瓜。他这样命令自己，一个男人就算真是个彻底的白痴，也用不着完全表现出来啊。男孩的脸已经涨得通红，他转过头去，视线落在了一份《人民意愿报》上，那是我们的地方报纸，就叠放在柜台上面。“波罗的海仍然冰封”，是报纸头版的头条新闻，“劳拉号困在冰上，载着运往冰岛的货物和包裹”。被冰困住了，连同哥本哈根的学生寄来的所有的信，那些信件有的倾诉了对家人的苦苦想念和爱的告白，信中表达的感情是如此炽热，完全可以让它们从船头悬吊下去融化坚冰，开出一条水路。男孩心里一阵悸动。他重又抬头盯着那双青灰色的眼睛，轻声说道：

我只是不知道我是谁。我不知道我为什么存在。我也不确定还能不能给我找到答案的时间。他的声音极其轻柔，莱恩海泽需要再向前探身，才能听清他在说什么。

我到底为什么要说这些呢？男孩的思绪有些混乱，他尽量不去多看莱恩海泽在身体前倾时隐隐露出的白花花的胸部。莱恩海泽直起身，脸上流露出一丝困惑，接着她双唇微启，露出了亮晶晶的粉色舌尖。

以这种方式出现的舌尖似乎携带着来自身体内部，来自身体幽暗处的信息。

妖精。男孩想。

莱恩海泽青灰色的眼睛非常非常慢地从上到下打量着男孩。眼睛是隐形的手，可以抚摸、感觉、触碰、寻找并发现。接着她微笑起来。那是一种不慌不忙的、倨傲的微笑，然而笑容似乎伴着几乎察觉不到的微微颤抖。你该找些合适的衣服穿，她微笑着说，你应该稍微挺起胸，那时我会跟你好好谈谈。不过别想在街上和我打招呼！

他们之间只剩下了柜台。

男孩自己都没有意识到，他已经往她身边靠得更近，想要了解她身上散发着什么样的气息，她的味道。我们什么都不想时更有勇气。犹豫不决、紧张不安，全都与思考相伴。男孩就像是一头小兽，他离她那么近，近得能听到她的呼吸。她的舌尖又出现在双唇之间，只是一瞬，那是带给他的来自幽暗处的信息。然后她后退了一步，眼神变得冰冷而傲慢，巨大的冰山在他们中间升起。

十

伯伦是个好人，是我和盖尔普特可贵的朋友。他们走出商店时，海尔加对男孩说。海尔加拿着一个袋子，沉的东西都交给了男孩。多亏了这些重物，负重的人在用力时可以忘掉自己，让头脑得到休息，与此同时不会被不确定性撕成碎片。对生活无法确定，对即将到来的事情无法确定，对他自己无法确定，现在又加上了莱恩海泽带来的困惑，这个长着青灰色眼睛的女孩，她的舌尖，她的乳房，她那高傲冷漠体现出的不可思议的魅力，就像浮冰一样冷。我为什么只能迷上一座冰山呢？一个好人，可贵的朋友，海尔加这样形容伯伦，而且好像还想再多说几句，或许是想和男孩讲一讲有关这位伯伦的事。海尔加变得想聊天，甚至可以说是健谈，让男孩非常吃惊。这时他们听到了离他们越来越近的沉重的脚步声。打点儿沉东西不错啊。他们身后响起了圆润低沉的嗓音，接着布里恩乔福尔从男孩身边大步走过去，同时重重地拍了拍他的肩膀。这位船长口袋里装了三瓶啤酒，生活真的好极了。要是有四瓶或五瓶啤酒就更好了，只不过古纳尔脾气糟得要命，态度粗暴无礼，所以再跟他多要啤酒可不是什么好主意。布里恩乔福尔开心地和海尔加打了招呼，就要从她旁边走过去时，被她伸出手拦住了。布里恩乔福尔似乎有些慌乱，本能地把手伸进口袋拿出一瓶酒，打开瓶盖，喝了一大口。你是不是早就该登上你的船，做好开船的准备呢？其他船长都已经准备好了，但是你的船还躺在海滩上，你还在商店里闲混，喝着啤酒，不为斯诺瑞多做考虑。海尔加与其说是在询问，不如说是在陈述事实。布里恩乔福尔举起一只手。他的手臂具有攻击力和巨大的威力，因此会很沉重，但是他也可以轻轻抬手，此时他摊开的手掌就像是带着歉意的微笑。海尔加轻蔑地哼了一声，布里恩乔福尔有些激动地说：我今天就开始准备，亲爱的，今天就开始准备！那就希望你说到做到。海尔加只是说了这样一句话，就走开了。男孩跟在她后面。布里恩乔福尔对男孩眨了眨眼，喝下一大口啤酒。他先是朝着与他们相反的方向走了几步，然后就拐到了下一条街。

男孩和海尔加接着往盖尔普特的房子走去，多亏了要拿这么沉的东西，他才可以尽量去想些别的，而不是只想着莱恩海泽，想着她身体前倾时往他身边贴过来的乳房，还有她亮晶晶的舌尖和青灰色的眼睛，那双眼睛冰冷无情，拒人于千里之外，同时又如此迷人。男孩想：她就是一座巨大的冰山，上面的北极熊会把我撕成碎片，把我吃掉。不过最后他还是把这些想法抛到了脑后，有关生活的现实问题重又摆到了他面前：他是否应该活下去？为什么要活下去？他值不值得活下去？

唉，不确定性就像一只鸟，在他头上尖叫。

现在我们应该暂时不去打扰他，或者在更长的时间里都不要打扰他。就让他带着自己的负荷，清静一下吧。我们要跟随布里恩乔福尔这位船长，他正漫步走向斯诺瑞的店铺，享受他的甜蜜时光。

带着三瓶啤酒的人在这个世界上没必要匆匆忙忙。

十一

如果从中心广场走最近的路去斯诺瑞的店铺，在路上毫不耽搁，大概只需要五分钟。现在当然没必要这么省时间了，因为喝啤酒真是太美妙了，绝对美妙得难以置信。不久之前还是沉重的负担，还是不可征服的对象，此时变得只是场游戏。现在我要开始准备我的船了。布里恩乔福尔这样想着，接着大声说了出来，大声向世界宣告他的这个决定。他握拳捶打自己的胸膛，有力的一击，这样既能鼓起勇气，又能激励自己前进。首先他要去斯诺瑞那里，和他一起安排，做好计划，共享时光，或许再互相敬一杯烈酒，然后他会带着灯笼往下走到船那里，把它从冬天的沉睡中唤醒，在船上待一阵子，再在早晨把船员叫起来。就这样定了！布里恩乔福尔又捶了一下胸，心情愉快，踌躇满志。只有他这个船长还没为捕鱼季节做好开船的准备，其他人都远远走在他前面，就要起航了，可是布里恩乔福尔和商人斯诺瑞的船还在岸边没有醒来，它笨重地趴在那里，像一只飞不起来的鸟。布里恩乔福尔甚至还没朝它那边看过一眼，尽管斯诺瑞已经犹犹豫豫、吞吞吐吐地要求过他两次，斯诺瑞这种提要求的方式根本不能达到说服别人的目的。这样可不好，因为他的店铺快要开不下去了，高额的债务已经超过了店铺的资产。那些欠债的人大多数是居住在附近的普通劳动者，渔民、租户、一两个农场经营者。有些人的确付账有困难，可是其他的人或许没怎么努力工作，只是有意识或无意识地利用斯诺瑞的优柔寡断和好心肠。斯诺瑞总是想克制自己的这种天性，却很少能成功，而一个人的善良天性也可以唤醒其他人的恶劣本性。斯诺瑞在弹奏一架老旧的风琴时是最开心的，另外，在新年前夜、复活节、仲夏，当他在教堂里唱歌时，或者借用伯瓦尔德牧师的说法就是在歌声中颂扬光明时，他也会感到愉快。那些欠他钱的人则会感到有点羞愧，其中一些人已经欠了很多年钱，不过羞愧带来的痛苦是日常生活可以帮助抚平的。斯诺瑞所依赖的就是渔船捕到的鱼，对此布里恩乔福尔非常清楚，或许也正是出于这个原因，他才在转向学校大街时第三次拍打自己的胸口，他知道他的船早就应该做好准备了。那艘船被称为“希望号”，很美丽、很光明的名字，船已经服役十五年了，是斯诺瑞刚从挪威买来的。它最早的名字是“罗恩·西格尔特松号”，是根据冰岛独立运动中的老派英雄命名的，斯诺瑞买到船后把它拖到了海滩边，找来油漆匠布雅尼用红色在船头漆上了“希望”一词。就在他这样做的几天前，斯诺瑞的妻子已经登上了南下开往雷克雅未克的“提拉号”，她病得太厉害了，是被人抬上船的。斯诺瑞当然和她在一起，但他不得不搭乘下一班船回到这里，好让店铺继续顺利运转。

几个月过去了。

詹斯那时刚担任陆路邮差，他从斯诺瑞的妻子那里带来了信件，但是随着夏天过去，她的信写得越来越短，字迹越来越轻，越来越难以辨认。斯诺瑞仔细看着那些写得歪歪扭扭的词，模糊的笔迹证明他妻子的身体越来越虚弱。唉，现在开始有点难过了，她在八月初的一封信中写道，那是她第一次说出抱怨的话，我有时醒来，感到身体里有冰冷的手。它们比冰还冷，每天都离我的心脏更近一些。亲爱的斯诺瑞，如果情况从更糟变成最糟，如果上帝召唤我到他身边，那你一定要坚强。

一定不要倒下。想想我们的儿子们吧。我相信你会把他们送进学校，就像我们计划过的……现在我写不下去了……我亲爱的丈夫。或许斯诺瑞认为自己在信的结尾读到了这几个字：我亲爱的丈夫，其实可以肯定的是，她根本不太可能这样开放地表达自己的感情，不太可能用这样不加掩饰的词语表达她的爱。斯诺瑞把自己锁进了办公室，这样他就可以尽情哭泣，不用担心被别人发现。沿海驶向南方的船要到两星期后才会在这里停靠，斯诺瑞等不了那么久了，人生并没有那么长。好心人借给斯诺瑞两匹马，他骑马上路，径直进入了峡湾，沿着通古达卢尔山谷上行。两匹骏马充满活力，身姿矫健，马背上的他却像是一声绝望的呼叫。

如果上帝召唤我到他身边。

一个月后，斯诺瑞回来了。那是九月。他在荒原赶上了冬季的天气，但是下到山谷里就迎来了幸福的阳光和鸟的歌唱，一切无比平静，温度十五摄氏度。斯诺瑞把马还给了主人，抱着两匹马的脖子对它们表示感谢，它们的大脑袋在他身上蹭来蹭去，然后他回到家中，开始用心抚养儿子，经营商店。很长时间里，人们只敢和他谈起最普通的话题，提到语言能轻易表述的东西，比如鱼、商店、天气，没有人敢和他说别的。能够靠近他的人主要是那些对音乐感兴趣，可以通过音乐的纽带和他交往的人。詹斯显然知道些什么，但是觉得传播这种消息没有用。很快人们就明白，在这件事上追问斯诺瑞是很危险的，他的脸会阴沉下来，大手紧握成拳，于是人们要赶紧转换话题。我们因此无法确定一些微小的细节，所知道的就只是，上帝显然把她召唤到了自己身边。一些人肯定能听到上帝的声音，然而我们，我们这些在这里游荡，已经死去却仍活着的死者，一直不停地听啊听，却什么都未听到过。但是上帝不仅对她说话了，还把手放到了她的腹部，那里面痛得最厉害，那里面有最冰冷的手。结果，斯诺瑞日夜兼程赶到雷克雅未克时疲惫不堪，人困马乏，迎接他的则是完全恢复了健康的妻子艾尔蒂斯，她的病痛消失了，身上焕发出奇异的光彩。斯诺瑞实际上有些担心她，某种无法克服的障碍出现在他们之间，那是以前从来没有过的情况。斯诺瑞尽了一切努力想带她回家，但是在上帝已经开口之后，一个男人的话语又算什么呢？三星期后，斯诺瑞骑马回家了，但是艾尔蒂斯乘船去了哥本哈根，开始投身于上帝向她宣布的工作。

詹斯一年送来艾尔蒂斯的两封信。信不会经过西格尔特医生的手，因为詹斯会私下里把信亲自交给斯诺瑞，这些毫无热情的信充满神的光芒，照亮了商人斯诺瑞的脸和胡子，他的胡子很多都白了。所有的光都要投下阴影，就是这样，斯诺瑞就活在上帝之光的阴影下，他没有感到幸福和欢欣，而是想念艾尔蒂斯，并且怨恨上帝把她从自己身边夺走。他认为自己这样不知感恩是有罪的。我会因此被投入地狱的烈火。他有时会自责地想。斯诺瑞几乎每天都弹奏风琴，巴赫、肖邦、莫扎特，不过也有些婉转的旋律出自懊悔和负罪感。音乐与其他东西不同。音乐是落在沙漠里的雨水，是照亮心灵的阳光，是抚慰创痛的夜晚。音乐把人连在一起，因此斯诺瑞在弹琴时并不总是孤独一人，他弹风琴、拉小提琴，琴弓擦过旧小提琴的琴弦，最高的音符听起来如此尖细，简直能切开心脏。贝内迪特有时和他在一起。你还记得贝内迪特吧，就是那个吹响出发号角的号手，管家在海滩上等着他，三百个渔民围在他旁边。因为音乐来找斯诺瑞的还有更多的人，男人女人，然而一个人即便坐在很多人中间也仍然会孤孤单单。斯诺瑞活着首先和最主要的，是为了他的男孩子们，他们是让他支撑下去的希望。两个儿子都还在上学，一个就要毕业，决定当牧师；另一个想接着学习，想去哥本哈根学兽医。他们夏天和斯诺瑞住在一起，这时斯诺瑞就会重新找到幸福。正是因为他们，他才在店铺里辛苦工作，为了让店铺继续营业而疲惫地奋斗下去。让男孩子接受教育需要花很多钱，女孩子花的钱就少一些，她们几乎没有多少受教育的机会，总体上没有多少机遇，一旦结婚就失去了自由。

布里恩乔福尔轻轻咧了咧嘴。不，不是因为想到女孩子，想到她们有限的机会，而是因为他担负的责任，他的懊悔，他肩膀上扛着两只鸟，脚爪深深插入他的皮肉。不过现在一切都要变好了，绝对如此！在三四个小时后，他就会提着灯笼走向“希望号”，开始对船讲话，开始进行准备。明天他会叫醒不耐烦的船员，之后他们再不会懈怠！布里恩乔福尔很开心，他开始喝第二瓶啤酒，同时摸着右面口袋里的第三瓶啤酒。一会儿我就要把这瓶酒喝了，他微笑着想。他走到学校旁边，那是细木工罗恩和木匠尼库拉斯兄弟在他们那个年代修建的。人们都把尼库拉斯称为纳力。学校是很高但有点窄的建筑，顶层的正面开了三扇大窗户，就好像这栋小楼永远好奇地大睁着眼睛。学校本来只该盖一层，但是我们不太容易达成一致，而且尼库拉斯和罗恩发现盖学校太让人开心了，他们年轻时都梦想着上学校学习。两人经常和对方说：现在我们在为孩子们盖房子，现在我们在为未来盖房子，他们的世界应该会比我们的更好。正因为这一点，他们又加盖了一层楼，这层楼盖得稍窄一些，就好像房子不仅睁大了眼睛，而且深深吸了一口气。镇议会不想无条件地同意他们的建议，于是用缺钱作为借口，但是兄弟两人之前给挪威人伊莱亚斯建塔楼拿到的钱还都没花，那是位于中心广场的大型建筑，那笔钱也是他们第一次收到的现金支付的报酬。他们把钱放在家里，两个人都没想花钱，也没想到足够正当的花钱理由。他们就这样开始盖校舍，并且发现终于有了值得投入的工程。另外他们也遇到了难得的机会：一艘载着上好的挪威木材的船在离这里不远的地方搁浅了。船是开往阿克雷里的，为了躲避暴风雨驶进峡湾碰运气，船驶进了峡湾朝向北极海张开的大嘴，结果再也没能开出去。两个船员淹死了，人们一直没找到他们的尸体，因此他们被纳入了大批在海底游荡的渔民的行列。那些人急促地互相唠叨着时间的脚步多么缓慢，等待着听到有人承诺过的最后的呼唤，等待着上帝把他们拉上来，用星星的网把他们捞出水面，用他的温暖气息烘干他们的身体，允许他们迈着干爽的双脚走在天堂。在天堂的人诚实正直，从不吃鱼，淹死的人们说，那里永远如同期许的那样公平，他们都忙着打量船只，对新的捕鱼用具表示惊叹，对人们把垃圾留在海里发出咒骂，但是有时他们会因为对生活的懊悔而哭泣，就像淹死的人那样哭泣，正因为此，海水才是咸的。

这些人在海里淹死当然很不幸，但船上的木材是意外的收获，或许可以用来盖小学校舍的上层。

纳力在钉入最后一根钉子时死去了。哐！那是敲在那根钉子上的声音。哐！那是他心里最后听到的声音，然后纳力再也不会听到任何别的声音了。他慢慢向前倒去，前额抵在了房子侧面那根刚敲进一半的钉子旁。那根钉子至今仍然露出墙壁一半，这是为了纪念一位优秀的木匠，一位高尚的人。钉子的位置很高，除了雨点和蜘蛛网，什么都不可能挂在上面。关于纳力的一生没有太多可说的，他的一生中没什么了不起的事件，没有多少可讲的故事，要为他写讣告绝对不容易，然而在他去世后的很长时间里我们都感到空落落的。他的兄弟罗恩当然心都碎了。他们都还没结婚，相处得异常好，在双亲过世后，他们两个就一直生活在一起，相依为命。我们有时看到罗恩在外面哭，或是干活儿时手里拿着一把锤子流泪。这让人很难过，我们完全不知该怎么办。我们只是看着他日渐消瘦憔悴，几乎被悲伤、懊悔和孤独折磨成了一把骨头。两兄弟的住所成了大垃圾箱，直到有一天贡希尔德走进这个大垃圾箱里拜访罗恩，如果说那时罗恩的一只脚已经迈入棺材也毫不夸张。至于那位贡希尔德，或许你还记得她曾与穿着牧师长袍的伯瓦尔德一夜荒唐。

嗯，亲爱的罗恩，贡希尔德说，咱们两个当然都是这个世界的孤儿，我为了一个小孩子辛苦度日，那个穿长袍的家伙不想和这个孩子有一点瓜葛，没有人帮我，没有人在晚上陪我说话，更别提其他的事情了。而你是孤单一个人，你这么好心肠。你会是个拼命干活儿的人，不过看到你现在这个样子可太糟了。我觉得你被孤独和悲伤耗尽了精力。这没什么好羞愧的，但是也太没必要了。你看，我们当然可以继续独自吃苦，我会活下去，虽然不会活得优雅体面，但我能应付，不会让我的孩子蒙羞，不过这不容易，也并不美好。而你呢，亲爱的罗恩，你自己这样坚持不了太长久的，你就是那种人。你是个勤劳的人，是块宝，可是你太敏感了。上帝给了你一颗善良美丽的心灵，却忘了让你的心变得坚定。你就要失去一切，很快你会失去这房子，很快你会失去你的独立，最后你会失去生命本身。我们为什么要让这些发生呢？我在想，那样又有什么目的呢？你觉得呢，亲爱的罗恩，如果我搬到这里……贡希尔德四下打量，罗恩坐在一把破旧的椅子上，眼睛盯着她的脸，盯着她脸上的大量雀斑，无法移开他的视线。我搬到你住的这个洞穴，我们一起把它变成美好的家，你觉得怎么样呢？如果谈到爱，那自然没有什么可说的，因为我们几乎不了解对方，但是我非常肯定，将来我们会喜欢上对方的，你看，这不是小事。我强烈地感到我很容易就会非常喜欢你，你太好了，我看到你眼里的忧伤，看着你的眼睛，我会完全忘记自己！另一方面呢，我没你那么好，我实际上是个该死的负罪者，不过或许我还没坏透，我是个特别能干的人，非常诚实。你觉得怎么样，亲爱的罗恩？我能让你的心变得坚定。我的男孩没受洗，那个穿着神父长袍的野人没有为此追在我后面，这真是出乎意料，不过我突然想到，尼库拉斯会是他最好的名字，然后是罗恩森，如果你喜欢的话。对了，你有没有咖啡给我们两个喝？我可以煮，你知道手里捧着一大杯咖啡思考的感觉有多美妙，还有，我不习惯说这么多话，我想我有一点紧张，啊，我看到咖啡了，就在那边。

没过多久，房子里飘出了咖啡的香味。细木工罗恩亲了亲贡希尔德的嘴唇，她立刻开始打扫房间，然后去她女朋友那里把小孩接过来。那天夜里，贡希尔德被孩子的哭声吵醒后起来哄他，摇晃着他，让他重新入睡，然后她注意到罗恩躺在那里完全没睡着，眼睛睁得大大的，几乎不敢眨一下眼睛。你睡不着吗？她问。真的睡不着。他带着歉意回答。是因为孩子吗？要不你让我们在厅里睡吧，我立刻就过去！她掀起被子，下床下到一半时，罗恩轻轻把他疲倦的手放在她的肩上。不，他羞涩地说，不要走。

船长布里恩乔福尔打起了哆嗦。他已经不太清醒了。他倚靠在街灯上，看着学校，任由思绪茫然飘荡。寒气逼人，一动不动站久了就会觉得冷。街灯也熄了。名字也叫巴尔特的守夜人在晚上看护我们这里的街灯，等到不需要街灯照明时就会把灯熄掉。村子里没有太多街灯，每盏灯之间的距离都很远，这就像是生活：若干灿烂的时刻会被黑暗的日子分隔开来。布里恩乔福尔打着哆嗦，清了清嗓子，吐了口痰，然后继续往前走。一个孩子在附近的房子里咳嗽，止不住地剧烈咳嗽。上帝啊，行行好，照顾一下他的生活吧。布里恩乔福尔这样祈祷，接着对朝他走来的两个提着水桶的女管家微笑着打招呼。她们要去井边打水，相信守夜人巴尔特肯定尽职尽责，已经在夜晚打碎了水井里结的冰。看到这两个女人，布里恩乔福尔莫名地兴奋起来，他停住脚，猛地张开手臂，伸开的胳膊足以把这两个女人一起抱进怀里。如果我没结婚，他说，我会亲吻你们两个，然后娶你们！听了他的话，看到他口袋里露出的酒瓶口，她们微笑起来，其中一个反问道：你够男人吗？能满足两个女人吗？那是布里恩蒂斯，她的两个丈夫都被大海夺走了，自己抚养着三个孩子。试试就知道。说完，布里恩乔福尔大笑起来，把手按到了裆部。是吗？布里恩蒂斯说，重要的可不只是尺寸啊。另一个女人咯咯笑了起来，两人从他身边走了过去。

布里恩乔福尔转过身看着她们走开。布里恩蒂斯几乎比另一个女子高出一头，她走路的样子既高贵又温柔，肌肉绷得紧紧的。我爱她。布里恩乔福尔被这个念头吓了一跳，抬起两只手紧紧按到了左胸口，就好像怕自己的心从胸腔里蹦出来，追随布里恩蒂斯而去，而这颗心曾经只为他的妻子奥拉菲娅跳动。他们在一起生活的年头太多了，所以布里恩乔福尔现在不愿去想这些，而是看着布里恩蒂斯蹲下去搬开井盖。看着这个女人，感觉真是甜蜜啊，这或许是他生命中最美好的东西。她装满了水桶，对布里恩乔福尔微笑了一下，提着桶走了。于是甜蜜的时刻消逝了。

布里恩乔福尔打开下一瓶酒的瓶塞，从学校大街拐到了老巷子，走进年代久远的街区。村里很多最老的房子都在这片地区，都是十八世纪末建造的大小各异的木头房子。这里的大多数居民都是普通的渔民或工人，一些人在院子里养着不停闹腾的母鸡，有的地方房子太密集了，简直是一栋紧挨着一栋。那些随船去过其他国家的人曾经见过其他的世界，曾经在异域的天空下醒来，身边环绕着异国的语言。他们说，古老街区最好的地方很像一些外国城市，那些城市里有无数弯弯曲曲的狭窄小巷。更高阶层的人的选择则是躲开这片街区，因此，当小学校长吉斯利在这里投钱建了一栋小房子并搬进去时，即使算不上什么丑闻，也引起了很大轰动。吉斯利校长是中间商福里特里克和伯瓦尔德牧师的兄弟。旧街区真的一点也不适合一位校长，更不要说是一位来自显赫家庭的校长了。不过吉斯利是读法国诗的，一些法国诗人有点疯疯癫癫的，会推荐各种古怪可疑的东西，可能就是因此，吉斯利才会有时不走寻常路吧。吉斯利和布里恩乔福尔有时会在一起喝酒，一次在玛尔塔和阿古斯特开的餐馆喝多了，大家都把这家餐馆称为罪恶之地索多玛。餐馆的位置在旧街区的外围，走下去就是海滩。来这里真不错，来这里够可怕。吉斯利和布里恩乔福尔喝了一夜酒后拖着长音慢吞吞地说。清晨的微光从小窗户里照进来，喝得烂醉的玛尔塔就躺在校长吉斯利的怀里。

布里恩乔福尔喝下他的啤酒，他很想一口气把这瓶酒喝光，不过还是强迫自己等一等。有节制才好。他嘟囔道，然后又开始想布里恩蒂斯。或许我爱她？这个念头让布里恩乔福尔吃了一惊，同时心神为之一荡。她真坚定，真坚强，没有人能明白她是怎么独自带着三个孩子挺过来的。有一次治安官拉鲁斯想把她那个家拆散，但是她不可思议地避免了这种事情的发生。有时布里恩蒂斯身上就好像有某种神奇的力量，让人无法不注意到她，让心肠最硬的男人都为之感到困惑。

布里恩蒂斯的第二任丈夫跟她的兄弟和父亲在同一条长型六桨渔船上工作，布里恩乔福尔和她的父亲很熟，他们从孩提时就是朋友，儿时的朋友是不可替代的，所以布里恩乔福尔忍不住想喝光手里的啤酒。儿时的朋友头上总有一片明澈的天空、光芒和纯真。布里恩乔福尔叹了口气，既是因为回忆起了过去，也是因为酒要喝没了。他倚靠在木头房子外面的篱笆上，这座小房子附带的院子很小，根本算不上什么，只有储藏室、工具房、工作间。他认识住在里面的人，是一艘船上的渔民和妻子，他们有五个孩子，他们总在不停争吵，咒骂对方。没有人知道是什么让他们生活在一起，不过我们可能永远无法理解把两个不同的人一辈子黏合在一起的力量，这种力量太强大了，即使仇恨也不能把他们分开。布里恩乔福尔看着他的啤酒瓶——嘉士伯啤酒。太不幸了，瓶子空了；太不幸了，他很久以前就不是个孩子了。布里恩乔福尔低头看着双脚，低声说：你们两个，现在开步走吧。它们懒散地听从了指令。他慢慢走着，思念着他儿时的朋友，又想到了朋友的女儿布里恩蒂斯。她在一瞬间失去了一切：丈夫、父亲和兄弟。她父亲是渔船的船长，那天海上天气不是特别坏，有风，风力时大时小，人们最后看到那艘船时，它的船帆是升起的，她父亲在放钓线，可能就在眨眼之间，狂风突然吹在帆上，把船掀翻了。那阵狂风骤然刮起，似乎只是为了把六个人淹死。他们放下钓线时，每个人都在想着心事，都期待着打到鱼，小船平静地随波起伏，接着他们掉进了海里，谁都不会游泳，他们扑腾着拍打身边的水，似乎想抓住什么。回忆奔涌而来。尽管回忆很珍贵，但它们不能让我们漂浮在海面上，不能把快淹死的人从水里救上来。问题是，船长应该试着救谁呢？救儿子还是女婿，或者只是自救？他犹豫了，就在犹豫中，他淹死了。

布里恩乔福尔慢慢走过旧街区密集的街道。他想临时去拜访吉斯利，他听说吉斯利又犯了酒瘾，不过走近吉斯利的房子时，布里恩乔福尔改了主意，继续独自游荡。他想独自一人在雪地里走走，路很难走，卢利和奥德尔还没开始铲这里的雪，他们总是把这片地方留到最后，那些没多少影响的人总是被留到最后。昏暗的光照在这些房子上，也照在布里恩乔福尔身上，似乎空气太混浊了或不太干净。他想到了自己的生活。

谁能理解人生呢？

曾经一切都更容易，然而现在生活沉重得可怕，活下去并不愉快。其实以前这里的一切比现在艰苦，他和奥拉菲娅没多少钱，三个孩子又经常生病，他一夜一夜坐在那里，无比焦急地听着孩子紊乱的呼吸，怀里不是抱着这个孩子就是抱着那个孩子，拼命要让死亡远离他们弱小的身躯。这样做倒也有效，孩子们都活了下来，两个女孩一个男孩。让他这个父亲伤心的是，儿子贾松拒绝出海。贾松上次出海是十年前，跟他妹妹还有妹妹的男朋友一起去了美国。你也该来美国，他们每次写信几乎都要说这混账话，都要说这里更好，让太阳照在你累坏了的老骨头上肯定很不错。我这把骨头一点也不累，布里恩乔福尔自言自语道，滚吧，如果没有你才好。他带着恶意在心里对奥拉菲娅说，但是同时又咬住了自己的舌头。为什么看着她时不再开心呢？曾有那样的时候，他生活的全部意义就是能在她身边醒来，抚摸她结实的身体，把胳膊横压在她丰满的乳房上，有时他会抱住她说些让她想不到的话，她也会对他说些类似的话，那感觉多美好啊！

那些欢乐都到哪里去了呢？

布里恩蒂斯，他温柔地轻声念着这个名字，试着大声说出这个名字，就好像要确定自己的位置，分辨出味道。能够再爱该是多么愉快啊，一切都会充满光明。布里恩蒂斯，这个名字念起来真好听，他放纵自己念出这个名字，空气都在微微颤抖。

不，不可能理解爱情。我们永远无法弄清楚爱情的底细。我们和某个人生活在一起，感觉幸福，然后有了孩子，平静的傍晚，很多平淡而美好的事情，有时还会出现小小的奇遇，于是我们会想：生活就应该是这个样子。然后我们遇到了另外一个人，或许唯一发生的事情只是她眨了眨眼，说了句再普通不过的话，但是你完蛋了，彻底没救了，你的心怦怦狂跳，情绪高涨，这个人之外的一切都退到了一边。几个月后或几年后，你们开始一起生活，旧的世界分崩离析，新的世界在崛起，有时旧的世界必须消亡，才能迎来新世界的产生。

布里恩乔福尔的笑容褪去了，他想到了奥拉菲娅。有时她那双大眼睛紧盯着他，会让他想到悲伤的马的眼睛。我要是跟布里恩蒂斯在一起，奥拉菲娅肯定彻底完了。布里恩乔福尔又变得难过起来，他继续往前走，继续在旧街区转悠，他为他的生活感到难过，也为他触碰奥拉菲娅时再兴奋不起来而感到难过，不是因为她丰满的胸部失去了弹性，不是因为她的身体开始变老。不，那是完全不同的东西，他只是不知道那究竟是什么，所以说不确定性是具有破坏力的。有时，她那双如悲伤的马眼睛一样的眼睛在狭小的房间里来回追随着他的身影，会让他感到怒不可遏，因此这天早晨他才早早从家里跑出来。他喝咖啡时太着急了，烫坏了舌头，现在还感到舌头不舒服。他嘟囔着说他有事情要做，就匆忙离开了家，其实他是必须赶紧离开，再晚一些怒火就会爆发出来，变成难听的伤人的话语。他想不出还能做什么，只好在特里格维的商店消磨时间，谈论些毫无意义的东西，浏览他不感兴趣却又了如指掌的那些商品，他没什么可做的，只好读古纳尔借给他的一份《人民意愿报》。他非常认真地读了那份报纸，报上没什么能吸引他注意的消息，除了一个寻物启事：本人不慎于本地街上遗失钱包一个，内有20克朗金币，若干银币，几便士铜币，一个金戒指，有拾获者请将钱包送到印刷店，必有重谢。布里恩乔福尔心想，他妈的，要是能捡到这个钱包就好了，可以把钱留下，然后我就能买很多很多啤酒和威士忌，不用记账，不过不行，那样扯谎我可做不到，我真他妈的是个笨蛋，别人会问我哪儿来的那么多钱，那我该怎么回答呢？布里恩乔福尔踏着积雪沿着旧街区的狭窄小巷往前走，心里很难过。或许他应该在报上登这样一则启事：

本人不慎于本地街上遗失了生活目标，安然入睡的能力，我和妻子之间的欢愉，我的微笑和热切的期盼。有拾获者请将这些送到印刷店，必有重谢。

突然他就站在了斯诺瑞的店铺前。

该死。

不应该这么快就到的。旧街区还有些未走过的小巷，他还有各种事情要思考。我本应该去拜访吉斯利，那样我现在就会坐在他那里高高兴兴地喝酒了。布里恩乔福尔想。他紧皱眉头看着这屋顶低矮、显得狭长的房子，房子侧面的褐色木板上写着金色的大字：斯诺瑞的店铺。司空见惯的颜色，麻木的生活。这是汉森农场旁边纵向修建的一栋房子。布里恩乔福尔再想转身已经晚了，因为店员已经看见了他，高兴地冲他挥着手。他们是父子两个，布约恩和布亚尼。我们总是记不清哪个是布约恩哪个是布亚尼，在和他们打招呼时常常要先猜测一下。他们太有礼貌，也可能是太羞怯了，不论对方叫出的是谁的名字都只会回应，而不会加以纠正，这样当然不能帮我们区分他们的名字。布里恩乔福尔记忆力很好，而且跟父子两人打交道的时候很多，所以从不会叫错他们的名字，除非是喝醉了，喝醉后他开始晕头转向，实际上他的生活也开始晕头转向。之前那三瓶啤酒让他微醺，他走了进去，简单地打招呼说：父与子，你们好。

这个店铺的空间不像特里格维的商店那样宽敞，这样说就好像是在拿小山包和大山做比较。地板在船长脚下嘎吱作响，他几步就走到了柜台边。父亲和儿子两个都穿着深色夹克，衣服是斯诺瑞在世界更光明时给他们定做的。一到冬天，店铺就一片荒凉，那些本不该被拿走的商品大多都不会有人付款。大多数顾客都来自旧街区，其中一些人在欠大商店的债多到不妙之后，首先要找的就是斯诺瑞。他们到斯诺瑞的店铺买东西，倒不会让大商店的人感到不满。商人们都知道，等到夏天带着鱼和工作机会到来时，人们首先会结清欠大商店的债，却不会去管斯诺瑞。

斯诺瑞呢？布里恩乔福尔走到柜台边时问。嘎吱声停住了，地板不再发出呻吟，他接着就听到斯诺瑞的房间里传出了风琴轻柔的音符，那是在房子的另一头。斯诺瑞坐在风琴前，乐谱在面前摊开。莫扎特欢快的音乐本可以让早晨充满生机，激发出乐观主义，或者说将之从绝望中拖出来，但是斯诺瑞只弹到了第一页结束就弹不下去了。今天不行，对莫扎特来说太远了，他们之间隔着大海和半个欧洲。于是斯诺瑞闭上了眼睛，任手指在琴键上游走，它们按照他心中的乐谱弹奏着，黑暗从风琴上涌出，穿透了木头墙。这音乐对父子二人似乎没什么影响，他们开心地冲船长微笑着，或者说是仰视着他，他们的个子刚到他的下巴，他低头看着他们的脑袋。儿子头顶的头发有些稀疏，而父亲有明显的秃顶，他从最开始就在店铺里工作了。父子两个非常忠诚，收入不稳定也不会让他们懊恼。儿子肯定快三十岁了，还和父母生活在一起。有人进来时父子两人经常会出于本能的谦恭往后退一步。在这个店员家庭里身为妻子和母亲的托希尔德大多数时候和他们一起坐在柜台后面，有人需要时就帮帮忙，不然就做些手工活儿，给家里的两个男人织羊毛衫、袜子、连指手套，同时也会给斯诺瑞织一份。他们一家三口在一起时是最愉快的，托希尔德、父亲、儿子，他们很安静，不需要互相说多少话，彼此的亲近就可以说出需要说的一切。托希尔德总是把布里恩乔福尔称为亲爱的男孩，尽管他们之间的年龄差距不大。她和他打招呼时会用粗糙而温暖的手掌抚摸他的脸颊，她需要踮起脚尖才能够到他的脸。现在店里没有她的身影，因此布里恩乔福尔感到很轻松，这不太厚道，他也为自己的反应感到羞愧。或许是为了让自己平静下来，他开口问道：你们这些家伙把托希尔德藏到什么地方了？你们不会这么坏，把她自己留在家里吧？！布里恩乔福尔装出开心的样子，开怀笑了起来，但他接着看到父子两人的脸色似乎突然黯淡下来，心里不由得一阵刺痛。不过父子两人都保持着微笑，父亲布约恩或布亚尼回答道：她只是不太舒服。

儿子：她咳嗽得非常厉害。

父亲：她睡得很不好。

儿子：或者说不够好。

父亲：不好。她还发烧。

儿子：但是烧得不太厉害。

父亲：不厉害，不是大毛病。

儿子：她明天就会起来走动的。

父亲：对，不是大毛病。

儿子：是的，不算什么事，没事的。

父亲：没事，不算什么事。

他们站得很近，手掌朝下放在柜台上，四只干净修长的手靠在一起。他们带着出人意料的热情看着布里恩乔福尔，就好像是要让他相信这些话，好像他对他们说法的认可很重要。布里恩乔福尔轻声说：对，当然不是大毛病。父子两人感激地微笑着，但是船长感到自己就像最糟糕的叛徒，于是尴尬地说：我今天要开始准备“希望号”了。一点没错。我只是顺路来告诉你们，麻烦你们告诉斯诺瑞，我现在没时间跟他聊了，那艘船在呼唤，小伙子们，一个船长必须听从船的召唤！他猛然转过身，免得看到他们脸上亮起的喜悦和感激。他向门口走去，那位当父亲的追在他身后，想要说点什么，但是布里恩乔福尔没给他这个机会，他已经打开门走到外面，拉开了两人之间的距离。他听到当父亲的在身后喊着再见和谢谢，喊声如同扎在后背的锋利的小匕首。快要走到能把他和父子两人隔开的一座房子时，布里恩乔福尔向一旁转过脸，父子两人正站在店铺门口，看到他转头时两人开始激动地冲他挥手。布里恩乔福尔的右臂动了动，最终还是没有抬起来，接着房子挡住了他的视线。他没有继续走向最低处的岬角，尽管“希望号”就躺在那里的海滩尽头。相反，他拐到了另一条小径上，沿着几乎相反的方向走去。

十二

男孩和海尔加拿了一堆货物从镇上回来时，盖尔普特就在屋外，尽管男孩拿了很多很重的东西，但他仍然感到不确定性就像一只尖叫的燕鸥击打着他的头，弄得他浑身是血。盖尔普特正把一些吃的东西撒在房子前面的雪地上，两只乌鸦在离她不远的地方笨拙地跳来跳去，屋顶上还有两只乌鸦正等着喂食，如同黑夜的黑色碎片。海尔加在街道中间停下来，或许是怕吓到这些黑鸟。男孩以前从来没见过乌鸦离人这么近，盖尔普特伸出手就能碰到身边最近的一只。她已经把雪扫到了一边，弄出了一大片空地，在上面撒了些东西。男孩觉得那很可能是肉块，他瞥了一眼海尔加，只见她对此一点也不感到惊奇。有人说，乌鸦来自地狱，黑如煤炭，是从魔鬼的嘴里飞出来的，魔鬼把他的嗓音和诡诈借给了乌鸦。我们有时会把盖尔普特称为乌鸦妈妈。她在来到这里之后不久就开始喂乌鸦了，村民们对她所做的一切都漠不关心，对她喂乌鸦也是一样。古特杨的朋友伯瓦尔德牧师曾向他抱怨说：盖尔普特把那么多乌鸦都招到了房子周围，古特杨啊，你要知道，早晨在乌鸦不吉利的哇哇叫声中醒来可真不是件让人特别开心的事。乌鸦是奇特的鸟。古特杨说。他向空中望去，然后沉思着说道：我在什么地方读到过，在往昔，乌鸦的叫声和现在不一样，是更柔和的声音，但是上帝出于某种原因把它柔和的叫声收回了，重新赋予它现在这种叫声，据说是为了让我们想起我们的罪孽，当然是胡说八道，不过胡说八道的东西也会很有意思，我的朋友，你觉得呢？伯瓦尔德几乎无言以对，他那段时间正在喝酒，行为一直不检点，结果进了罪恶之地索多玛，在那里彻底完蛋了，所以他不想跟别人讨论罪孽和良心，于是也就不再谈论乌鸦了。他也没再提到，他每天清早挣扎着到教堂时，那些乌鸦经常成双成对地栖息在教堂的屋脊上，自从盖尔普特开始喂乌鸦之后就一直如此。乌鸦妈妈。这个说法真合适。她的头发就像乌鸦的翅膀一样黑，她的眼睛像黑色的煤块，那些煤块在地下埋藏了千万年，从未见过光明。最大的谣言就是她的胸腔会发出乌鸦低沉沙哑的声音，不过人们说的话不可全信。那些乌鸦抓起肉块，三只乌鸦飞到屋顶上开始吃肉，第四只落在伯瓦尔德的房子上，哇哇叫了两声，或许惊扰到了房子里的人。

盖尔普特坐在门边。她看着男孩。男孩的双膝有点发软。他离她太近了，近得能看到她脸上暗色的雀斑。他突然觉得应该感谢这些雀斑，如果没有它们，她的脸、她那乌黑的眼睛和高高的颧骨都会变得冰冷，让他反感。盖尔普特向男孩伸出手，男孩放下了那些货品，她冰冷的手掌立刻握住了他的手。你好。她说。她的嗓音有一点深沉沙哑，男孩抬起头迅速瞥了一眼那些乌鸦。

然后他们就坐在客厅里了。

盖尔普特坐在一把结实的绿色椅子上，男孩坐在长沙发上，沙发上放着的大枕头特别柔软，他不自觉地一下下摸着枕头，就像在抚摸一条小狗。男孩非常好奇地看着一个特别大的写字台，上面的小抽屉简直数不清，盖尔普特注意到了他的视线，于是问道：你喜欢这个写字台吗？好大啊，男孩回答，有这么多抽屉。是啊，盖尔普特说，人都有必要给自己弄个小柜子，最好是只有自己才能用，别人都打不开。她的声音软绵绵的，几乎有些慵懒。她的黑眼睛看着男孩。“乌鸦妈妈”这几个字一下子跃入男孩脑海，根本不受他控制，对于那些突然闯入脑海的念头，男孩通常都没办法控制。人是一种奇怪的动物。人能利用自然界的力量，克服似乎不可克服的困难，人是地球上的王者，却控制不了自己的思绪和内心深处的东西。那存在于心灵深处的是什么呢？它是怎么形成的呢？又来自何处呢？它是否遵循某种律令？人是否要在内心危险的混乱状态下完成人生之旅？男孩想把所有不必要的想法都从他的头脑中推开，包括盖尔普特胸腔里低沉沙哑的乌鸦叫声，发生在她和一个外国船长之间的故事。盖尔普特穿着一件白色衬衣和一条黑色长裙，不过男孩搞不清那种裙子是不是该叫长裙。她的一头黑发散乱地搭在肩膀和绿色椅子上，就好像她还没顾得上梳头发。她差不多是侧身坐在椅子上，枕头垫在背后，脚从椅子一侧的扶手垂下来晃悠着，就像个小女孩，然而她确实已经三十五岁了。男孩笔直地坐在豪华沙发上，为身上尽是污点的羊毛裤而感到羞愧。然而朋友不久前才死去，就冻死在他的面前，生命显得毫无目的、毫无意义，自己甚至打算今夜在海里结束生命，这种时候却要因为脏兮兮的裤子而羞愧，真是够悲哀的。我到生命的最后一刻可能都是个荒唐可笑的家伙，他悲哀地想。盖尔普特抬起右手，无名指缓缓蹭了蹭嘴唇，接着用白色的牙齿轻轻咬着手指，小尖牙正对着他，就好像一头食肉动物。海尔加端着托盘走了进来，上面放着咖啡和点心，男孩是在乡下普通人家长大的，接着就到了捕鱼站，因此分不清那些点心是饼干还是蛋糕。托盘或许是银的，白杯子上印着叶子的图案，哇，他想，而这是他唯一能想到的。

哇。

然后他的大脑就完全空白了。

被匆忙放弃的空洞接收。

男孩的眼中什么都看不到，血液在耳朵里发出海浪般的回响，声音越来越大。海尔加似乎在说什么，至少她的嘴唇正在上下翻动。什么？他问道。盖尔普特扭头看着他，所以头差不多要转四十五度角，她的黑发像翅膀一样遮住了她的半边脸，唇边露出一丝微笑。我是在一部小说里！男孩想。这个想法解救了他，他以前曾在什么地方读到过这一切：一张长沙发、椅子、这样的杯子、这些被称为饼干或蛋糕的东西，还有两个他无法理解的女人。这是一部小说，我是在一部小说里，他开心地想着，甚至自顾自地微笑起来，耳朵里的轰鸣声也渐渐平息了。海尔加正对盖尔普特说道：他可能要失去听力了，还会失去他的声音。我不知道我能不能用这么精美的杯子喝咖啡，男孩带着歉意说，接着又加了一句，我只在小说里遇到过这种杯子。他补充的这句话本来是为了解释，但是听起来纯属荒唐。他们互相对视着，海尔加在一张高背椅子上坐下来，微微笑了笑，笑容不易察觉，不过男孩能从她面部肌肉的微小变化上判断出她在微笑，而且可能是在对他表示肯定。

别为精致的茶杯烦恼。盖尔普特用柔和慵懒的声音说，声音背后似乎也藏着一丝喑哑。被她强力压制住的乌鸦叫声——男孩无法控制自己的胡思乱想，根本无法控制。盖尔普特接着说道：要从精致的杯子里喝水或是使用精美的餐具吃饭，并不需要拥有特殊的才能，不过很多人对此的认识当然都是错误的。人是一种生物，或许最多是一种高级别的生物，人只需要吃饭，银子和陶瓷并不会改变这一事实，但是银子经常会改变一个人，而且很少会把人变得更好。你想抽烟吗？盖尔普特又加了一句，接着她手中就出现了一个银色的盒子，就好像是在变魔术。她抽出了一根细长的烟。不抽，谢谢。男孩说。但是海尔加接过了一支烟，凑过去让盖尔普特点着了烟，然后这两个女人一起吸入香烟的烟雾。盖尔普特让烟在体内停留了更长的时间才把烟慢慢吐出来，然后又用她那双黑眼睛看着男孩。烟雾散开，渐渐消失了。她继续说：巴尔特的事情我很难过，他是我真正喜欢的极少数人之一，你失去的太多了。男孩喝了好大一口热咖啡，结果眼泪溢满了眼眶，还咳嗽了两次。对巴尔特的想念几乎撕裂了他的胸膛，然而他就像个彻底的白痴一样说道：这咖啡很好。接着当然又后悔说出这样的话。现在能有人走进来一枪打中我的头就好了。男孩想。

盖尔普特一直等到男孩从咳嗽中恢复过来，看着他尽量若无其事地又喝了一小口咖啡，然后才对他说：如果你觉得可以告诉我们，那我们很想知道事情的经过。

不知为什么男孩对这个要求并不感到惊讶，他并没有退缩，相反，他很想讲一讲整件事情，他变得激动起来，就好像和这两个女人一起坐在这里讲述整个故事意义多么重大，那个故事从那天他睁开眼，看到培图尔的黑脑袋从地板冒上来开始，直到他离开捕鱼站，迎向那个夜晚为止，那是横跨生命与死亡的故事。但是男孩刚刚讲到阁楼的地板门被人打开，培图尔的脑袋露出地板，就像魔鬼亲自降临，讲到培图尔说今天我们要出海时，有人敲响了门。可能是来餐馆的人，因为敲门声很微弱。男孩停下了。特里格维送来的啤酒。海尔加说。她站了起来，手向下滑过衣服，然后迅速看了一眼男孩，说道：等会儿再讲你的故事吧。男孩顺从地点了点头，听着她的脚步声渐渐远去。现在给我讲讲你自己吧。盖尔普特对男孩说。她乌黑的眼睛只是轻轻瞥了他一眼，就把头转向一边。

我们从不会提起这样的话题。

我们只会问那些容易回答的问题，从不会让任何人靠近我们。人们会问到鱼、干草和绵羊的情况，但是不会问起你的人生。

盖尔普特坐在他面前，就像个艰苦环境里长大的孩子，眼底全是黑夜。她在询问男孩内心深处最隐秘的东西，于是男孩开始讲了起来，就好像这是再正常不过的话题。他甚至没有说，啊，没什么好说的，尽管那样会少很多麻烦，而且会显得谦逊，从而展现出对更强大的力量的敬重。相反，他直截了当地说道，我六岁时父亲淹死了，这个开场白直抵一切的核心。

我六岁时父亲淹死了，只留下母亲和我们三个孩子，都是小孩子，我妹妹还是个婴儿。我们很快就被分开了，每个人被抛向不同的方向。我想我们生活的这个世界不算太美好。我只是模糊地记得父亲，记得最清楚的那些事都是我母亲讲给我的，她给我写了很多封信，在信里描述了我父亲的样子。她的描述太生动了，都刻在了我的记忆里，我几乎没有一天不会想到他，有时我感到他就在上面看着我，因此我没觉得太过孤独。他的眼睛跟着我，一直到幽深的海底。

男孩停下了，他几乎感到恐慌，几乎对自己感到愤怒，因为他毫不犹豫地剖开了自己的心，将它呈献给了一个不熟悉的女人，他的心就在伸出的手上，像只看不见东西正在哀鸣的小猫。瓶子相碰的叮当声和远处传来的说话声给了他时间重新恢复镇定。从男孩开始讲自己的故事时，盖尔普特就把头转向了另一边一直没看他，只是抚弄着脸上乌鸦翅膀一样的头发，这时她才扭头看着男孩。男孩眼神忧郁，充满自卑地低头看着地面，盯着柔软地毯上红色的异国花卉图案，感到一切都如此陌生。

盖尔普特伸手拿起抽了一半的烟，男孩听到她静静吸烟的声音。烟头的余烬发出更红的光，沿着烟卷向上烧去。生命就是闪着光的余烬，可以给大地带来温暖，让它成为适宜居住的地方。你可以晚些时候再接着讲。当两人之间的沉默越来越沉重，开始让男孩感到压抑时，盖尔普特开口说。她的声音里似乎有一丝温暖，这当然只是自己想象出来的吧，男孩想，但同时也觉得稍微舒坦了一些，足以抬起头环视周围，好好打量被分隔开的客厅了。他甚至斜过身去，好看得仔细一些。客厅外侧的窗户更宽、更大，窗下是一张非常结实的大桌子，上面是特别大的吊灯，他能看到钢琴的一角，或者说这就是架钢琴。他向另一面侧身时，就会看到一张很大的画，不少于两米见方，画上是一座大城市里一圈一圈的街道，上面的一切似乎都在移动。男孩其实看得有点头晕，他重新坐直身子，意识到自己刚才身体侧向一边，像个蠢驴一样喘着粗气，样子实在有点古怪。盖尔普特对此表现得若无其事，她只是若有所思地吸着烟。男孩的眼角瞥见有什么在动，有人正站在门口的过道。他环视周围，看到了巴尔特苍白的脸上无神的眼睛，脑海中响起了他珍视的朋友的声音：

我在那里，以为你就要来到我身边。

十三

男孩跟着海尔加把货从商店扛回来之后，在村子里的第一份工作就是给布里恩乔福尔开啤酒瓶盖，并且保证科尔本船长的大咖啡杯里有足够的咖啡，杯子是盖尔普特两年前去伦敦时给他买的。她花了一个先令，因为据说这个杯子曾经属于一位著名诗人，威廉·华兹华斯，他给这个世界留下了很多诗篇，其中一些至今仍能为痛苦而自大的人类带来光明。

我们要提一下这个咖啡杯和曾经拥有它的诗人，因为对于科尔本船长来说有两件事情是最重要的：诗歌和大海。诗歌就像大海，大海是黑暗幽深的，同时也是蔚蓝色的，美得让人惊叹，很多鱼在海里畅游，海里生活着各种各样的生物，有些并不友好。我们都能理解科尔本对大海的热爱，但是他对诗歌的痴迷并非每个人都能理解。阅读冰岛萨迦[1]是正常的，那些传奇故事与民族历史相关，有些故事令人激动，相当热闹，或许也会让人在故事中的英雄身上看到自己的影子。人们同样会阅读一些民间故事，一些有关日常生活和勇猛行为的故事，也可以读几首诗，最好是由描写自己国家的诗人写的，他们很了解怎么晾晒干草、照顾牲畜。但是怎么会有一位船长把诗歌看得和鱼一样重要呢？那该是什么样的船长呢？结果科尔本一直没找到老婆，然后就失明了。白天的光明离开了他，黑暗笼罩着他。一个充满活力的海员，在海上什么都不缺，坚如磐石，能把鱼拖上来，这样的人当然不太适合当伴侣。科尔本讲起话来也有些尖刻，但他称得上相貌英俊，是个非常有前途的男人，结果却从未结婚，他和父母生活在一起，等到他父母不能照料自己时就变成了他照顾父母。他的父母是好人，几乎没有什么污点。他父亲先去世了，那时科尔本对文字和诗歌的疯狂痴迷才刚刚露出苗头，因此那位老父亲并不知道，他唯一的孩子，他的亲骨肉，会把宝贵的钱财都浪费在书本上，自然也就不会

---

① 北欧传说故事文体，是十三世纪前后被冰岛和挪威人用文字记载的古代民间口传故事，包括神话和历史传奇，对北欧和西方文学有很大影响。——译者注

为此感到困扰。但是科尔本的母亲却养成了同样的爱好，她死去时身上落着一本德国小说的丹麦译本。死亡迅速而温柔地降临时她正躺在床上读书，那本打开的书盖住了她的脸。科尔本还以为她只是在休息，那是中午，她年纪大了，休息对老年人是有益处的。他尽可能保持安静，直到两三个小时之后才过去轻轻推她，但是对一个死人来说轻推当然没什么用。

科尔本失去视力前已经拥有近四百本书。有些书是大开本，很贵重，是用船从哥本哈根运来的，比如导致巴尔特死掉的那本书。为了买到这些书，科尔本当然花了大笔的钱。一些女子曾经梦想着与这位充满活力然而脾气急躁，有时有点古怪的船长共度一生，但是当她们看到他把钱都拿来买书时，她们都为了梦想未成真而感谢上帝，等到科尔本丧失了视力成为无助的可怜虫之后，她们就更要感谢上帝了。我们不知道他的视力是从什么时候开始不可控制地变糟的，因为他掩饰得非常好。他让自己适应了眼前日益减弱的光，简化了自己的工作。船员们当然注意到了他行为举止的变化，却将之归结为这个人越来越古怪，越来越书呆子气。只要他还能接着打鱼，这就是他的事情。他就是这样做的。科尔本从很长时间以前就不再依靠大山确定自己的位置了，就好像他能闻得到海里的鱼群。后来他的视力彻底丧失了。他上床睡觉时还能看得清手里的书，虽然他几乎要把脸紧贴到书本上，他能清楚地看到自己的手，看到房屋的轮廓，尽管天上的星星早就离开了他的视野。等到他再次醒来时，他已经置身于彻底的黑暗中了。

科尔本先是极其平静地躺在那里，等着自己恢复视力——或者说是所剩不多的视力。他尽可能躺了更长的时间，然后开始把头转来转去，从一边迅速望向另一边，他睁大眼睛、揉眼睛，但是什么都没有改变。他的眼睛看不见了，黑暗压到他身上，让他喘不过气来。他猛地坐起来调整呼吸，敲着自己的头，开始还只是轻轻敲，接着就使劲捶打，并且不停地把头往墙上撞，用的力气越来越大，或许是希望能让那离去的视力复归原位，可是黑暗牢牢站住了脚，没有离开他。黑暗攫住了他，再也不会放手。他蹒跚着走了出去，平安地走到了窗下他读书用的椅子旁，脸上流着血，笔直地站在那里，等着他的舵手到来。他想到用小刀可以很容易地把动脉割成两半，但也只是想了一下，因为他首先要和他的舵手交代一下，然后他不管怎样都要试着在纸上写下相关事项。他在船上拥有超过一半的股份，所有的这些书，还有这栋房子，不把这些事情都安排好就立刻去死又怎么行呢，福里特里克和拉鲁斯那样贪婪的浑蛋会夺走一切，会把他们不在意的所有东西都扔掉。舵手终于前来查看科尔本出了什么事，因为科尔本总是第一个出现在船上，现在所有的船员却都满腹疑问地在那里等着他。你是不是生病了？舵手犹豫地问。他看到了科尔本的脸，看到科尔本脸上已经干了的血迹和空洞得可怕的眼睛，感到一阵寒意钻进了自己的身体，感到冰冷的恐惧。科尔本那张可怕的脸转向了声音发出的方向，平静而坚定地说道：今天你来指挥船只，我瞎了，走吧，我晚些再和你讲。舵手退了出去，他被那双瞎了的眼睛吓坏了，就和以前一样害怕这个该死的家伙，他退了出去，回到船那里，几乎什么都没有说，什么都没有透露，直到他们已经出海，开始了持续五天的捕鱼过程。

科尔本摸索着穿过房子，寻找钢笔和纸，他在家具上绊倒了两次，第二次撞进了一个书架。他在书架旁坐了很长时间，用手指抚摸着那些书的书脊。或许地狱就是在一个藏书馆里，然而你是盲人。他嘟囔着，试图咧嘴微笑，但是无济于事。四颗或五颗热泪从眼里流了下来。还好，没有更多的眼泪，科尔本想。他感到很受打击，因为自己在震惊中未能忍住眼泪。眼泪是透明的鱼。

所以说人并不算是多么聪明，真正受到重压时，人会像一块烂木头一样断成两半。科尔本坐在书架前的地板上，对来找他的盖尔普特说道。科尔本，你是看不见了吗？盖尔普特询问的方式听上去既不关心也不同情，就好像只是在问他是不是弄伤了手指。你觉得我看上去是怎么了？他痛苦地反问，接着又叫她帮他找钢笔和纸。盖尔普特照着做了，一言不发地把笔和纸放到了他腿上。他四下摸索着拿起笔，从书架上拿下一本书垫在纸下面，然后一动不动地坐在那里。时间一分一秒地过去，盖尔普特本来是想到他这里还一本书再借一本书的，此时她只是坐在边上等着科尔本，直到他开口说：我没法写字。

你想写什么？

这和你无关。

当然是这样，不过我还是可以替你写。

那就把这些垃圾拿走。他把笔和纸朝着黑暗中传出她声音的方向扔了过去。

我该写什么？

我拥有这艘船超过一半的股份、这些书和这栋房子，我不想让那些浑蛋把这一切占为己有。

我要这样写吗？

当然不，别他妈的那么蠢。

你为什么认为他们会夺走属于你的东西？

因为我是个卑鄙的可怜虫，很快就要死了。

我看……盖尔普特停了一下，接着说道，你看上去还有活力，还活得好好的。科尔本没有回答，她又加了一句：或者说在我看来是这样。

科尔本有点吃惊，却表现得若无其事地说：你是不是也不想看到我这个样子活下去，这样一个可怜的瞎子，对谁都没有用，彻底无助，要依赖别人？

那你要自杀吗？

我还能做什么呢？跳舞吗？

你可以跟我和海尔加一起生活，我们有时需要同伴。

你说我是同伴？

你会有一间漂亮的房间，那可以装下你所有的书，你把你的房子卖掉，我会接收你在船上的股份，这样我们就扯平了。

在生与死之间进行选择时，大多数人都会选择生。

盖尔普特带着科尔本穿过村庄，到了她的房子，就好比一条可怜的老狗，杀了它也会是慈悲的行为。那是四年以前的事了。从那时起，科尔本再没到过比花园大门更远的地方。天气温和，阳光暖暖地照下来时，他会坐在花园里，其他时候他最喜欢在餐馆里咕咚咚地喝咖啡，在有客人来时听他们交谈。海尔加和盖尔普特轮流给科尔本读书，大多数时候是在下午或是傍晚。在星星出来之后，当充斥所有空间的黑暗让世界变得柔和，他们三个会一起坐在客厅里。这是尘世间奇特的三人组合。我们永远无法理解盖尔普特为什么要收留这个脾气怪异、不善交际的老水手。他们以前几乎不认识对方，她只是偶尔会从他那里借书，但他们在一起或许非常适合，因为两个人都失去了光明，他是身体上的，她是精神上的。

不过现在他们不再是三人组合了，因为男孩加入了他们的组合。他往那个曾经属于英国诗人的大杯子里倒咖啡，每一次都说给您咖啡，而科尔本表现得就好像男孩不存在一样。就好像他看不见我。男孩心想，同时也感到有些愉快。

他已经给这三个人讲完了生如何变成死的故事。

海尔加返回客厅时把科尔本带了进来，男孩向他们描述了那次海上航行。

他讲到巴尔特是怎样忘了带防水服，他们又是怎样划到了比平常更远的地方。他讲到天气怎样变坏，变得寒冷，刮起了大风，然后波浪开始拍到船上。巴尔特很快就浑身湿透了，又湿又冷，即使有人把自己的防水服借给他也救不了他，而且可能会因此舍弃自己的生命，或许是他们一船人的生命。在大海里那么远的地方，在狂风和冰霜中，浑身湿透了的人注定要死去。男孩或许到此时此刻才彻底明白，唯一的希望就是赶快把巴尔特尽量带回到离岸更近的地方，敲掉帆上的冰霜、船上的冰霜，从而让船保持前进速度，也许他以前从未敢往这方面想，也许他是才想到这一点。不过那样也仍然是没有希望的，除非出现更多的奇迹。一场幻觉。

然后男孩开始讲述自己带着那本害死了他朋友的书，穿过山谷，走过黑夜。没有你，什么都不甜蜜。

盖尔普特眼睛半闭着听他讲述，白色的眼睑沉下去，盖住了眼前的黑夜。海尔加看着红地毯，因为眼睛总要看着点什么。眼睛不像是可以休息的手，不像是可以很长时间不受人注意的脚，眼睛是完全不同的，它们只能在眼睑背后休息，它们是梦的窗帘。对待眼睛必须细心。我们必须要想一想眼睛该在什么时候望向什么地方。我们的整个一生都从眼前流过，因此它们可以是大炮、音乐、鸟鸣、战争的哭喊。眼睛能透露我们的内心，它们能拯救你，能毁灭你。我看到你的眼睛，我的生活由此改变。她的眼睛让我害怕。他的眼睛让我沉醉。看着我，然后一切都会好，或许我能安然入睡。古老的故事，或许和人类一样古老的故事，告诉我们没有人能站着直视上帝的眼睛，因为它们容纳了生命的源泉和死亡的地牢。

男孩描述了巴尔特的眼睛。他不能不描述他的眼睛，他要让它们复活，让它们重新闪亮。那是很久以前一个不知名的外国渔民留在岸上的棕色眼睛。男孩讲述他的故事时，盖尔普特和海尔加很少去看男孩。盖尔普特或许看了他一眼，海尔加比盖尔普特多看了他几眼，但是船长失明的眼睛自始至终都在盯着他，目不转睛，那冰冷的、没有生命的、暗淡的窗户，什么都出不来，什么都进不去。男孩没想到自己会讲这么长时间。他忘记了自我，迷失了自我。他脱离了自己的生活，进入到故事之中，在那里触碰死去的朋友使他重获生命。也许讲这个故事的目的就是要让巴尔特复活，要带着词语的武装闯入死亡的国度。词语可以具有精灵的力量，能杀死一个神灵，能拯救生命，也能摧毁生命。

词语是箭，是子弹，是神话中追赶神灵的鸟，是遨游了千万年之久的鱼，它们在深处发现了一些可怕的东西，它们编织的大网足以捕获整个世界和天空，也有时词语什么都不是，只是冰霜可以侵入的破旧衣服，是死亡和不幸可以轻松跨过的破败城墙。然而，除了他母亲的信，他粗糙的羊毛裤、羊毛衣服，他从小房子里带出来的三本薄薄的书或小册子、水靴和破旧的鞋子之外，词语就是这个男孩唯一拥有的东西。词语是他最信赖的同伴和知己，但是面对考验时仍然完全无用——他无法拯救巴尔特，而巴尔特一直都知道这一点。这就是为什么巴尔特会站在门口的过道对他说：我在那里，以为你就要来到我身边。男孩心里想，巴尔特没有说出来的是，因为我不能来到你身边。

他讲完之后就是一片沉默，沉默是他自己打破的，他低声说：我需要给安德雷娅写封信告诉她我活着。

人们在听完很长的叙述之后陷入沉默，可以表明讲述者的叙述是很有意义还是毫无意义；表明叙述是进入了听者的世界触碰到了心灵，还是仅仅打发了时间，没有更多的作用。

他们谁都一动不动，直到沉重的敲击声把他们解放出来。有人在外面用力敲门。海尔加慢慢站起身，取来钢笔和纸递给男孩，对男孩说道：我们应该关心那些对我们重要的人和那些内心善良的人，而且最好永远不要拖延，人生太短暂，经不起拖延，生命有时会突然结束，你已经很清楚了，虽然不必这么清楚。说完之后她走出去看是谁在用拳头砸门。

我们应该关心那些对我们重要的人和那些内心善良的人。

这肯定是生活的法则之一，至于那些没有注意这条法则的人，魔鬼会踢他的屁股。

海尔加转身时伸出手，四根手指迅速拂过男孩的面颊，她走出客厅时衣服沙沙作响，而她的气息和温暖仍然留在男孩脸上。科尔本站了起来，温和地嘟囔着一些男孩听不懂的话。他用手里的拐杖探路，不过有些漫不经心。他知道路，所以跟在海尔加身后，跟随着她身上的香气和衣服的窸窣声，迅速地穿过了房间。坐在那里不动的只剩下他们两个，男孩和这个眼睛犹如一月的夜晚一样黑的女人。男孩握着钢笔时，她的眼睛直视着他，内心的想法从眼睛中流露出来，或许也染上了眼睛的黑色。我们都非常喜欢巴尔特，盖尔普特说，而且我们每个人都将以自己的方式继续怀念他，科尔本也是一样，尽管他看起来除了遗憾之外没有别的感觉。盖尔普特说得很慢，实际上说得温柔而又慎重。你用一只手的手指就能数得清科尔本都把书借给过谁，那还不算巴尔特借的这一本书。

他们听到海尔加的脚步声越来越近，迅速而平静的脚步，有些人走路就是这样，似乎什么都不能让他们失去平衡，似乎他们走什么道路都毫无困难，也有一些人除了犹豫什么都不会。所以你看，一个人的步伐可以很好地显示出他是什么样的人：朝我走过来吧，然后或许我就会知道我是否爱你。

是布里恩乔福尔。海尔加站在门口说。男孩觉察到盖尔普特脸上似乎露出了一丝微笑。他渴望喝啤酒。海尔加又补充了一句。你对这不太高兴啊。盖尔普特这样说时，脸上仍然带着淡淡的微笑。海尔加摇了摇头，继续说道：他应该已经开始做出海的准备了，这很简单。什么都不简单，盖尔普特说，不过如果他在这里喝酒，或许要比在玛尔塔和阿古斯特那边喝酒好一些。盖尔普特就好像没有听到海尔加表示疑惑的吸气声，她朝男孩转过身，毫无预兆地说：这是你在这里的第一项工作。她说得直截了当，就好像他们先前已经达成了一致。你去给一位船长端啤酒，并保证另一位船长有足够的咖啡，然后你应该去买点像样的衣服，有的衣服适合在海上穿，有的适合在陆地穿。今天下午海尔加会和你一起去，她能帮你买到些像样的东西，钱我来付，我猜想你要在这里生活下去。她加了这一句，或许是因为男孩脸上的表情，那种表情的所有者不知道自己是得到了解脱，还是在为某些事情难堪，还是只是感到高兴。

我只是来还一本书的。男孩在两个女人的注视下很不自在，他沉默了很长时间，最后终于开口说。

盖尔普特伸出一根修长的手指抵住嘴唇，过了一会儿才说：我们并非总能完全知道自己想要什么，或者我们会选择压制自己的渴望。你还想去什么地方呢？我很难想象你会回到海上，你不是个真正的渔民，让你做腌鱼的工作是种浪费。我完全可以相信，你不知道自己能做什么，或者你是谁，但是海尔加和我对此也有疑虑，而我们开始努力时并没有那么愚蠢。因此让我们来为你做决定吧，至少是最初的决定。当然，你需要为了你的衣食住宿工作，你可以从照顾这两位可怜的海船船长开始。

不过我什么都不会做。男孩未加思索地脱口而出。

这话太奇怪了。

词语总会像这样从他嘴里跳出来，因此他总是会说些完全荒唐的话，给自己惹来麻烦，或是毫无必要地让人注意到他的个性，而这差不多也是给自己惹来麻烦。有时他会立刻再说些什么，来弥补自己之前的胡说八道，但是通常只会让情况更糟。现在他就立刻接着说道：我其实在列奥的商店找到了今年夏天的工作，巴尔特和我跟罗恩谈好了，其实是巴尔特跟罗恩谈好了，是巴尔特给我们两个找到了工作，我是因为巴尔特才会得到那份工作，现在他死了，我不知道会发生什么。男孩结束了这简短而混乱的解释。我在说些什么鬼话啊，他暗自责骂自己。盖尔普特没有受这些话的影响，她只是说：一个什么都不会做的人在列奥的商店里没什么能做的，只要过一个星期，托芙就会把你切成鱼饵，那不会是你想要的吧？不过我们这里，我们三人组合，比托芙更清楚该怎么衡量你这样的人。她的脸上露出了明显的笑意。你知道怎么读书，我猜想你的字写得也不错，对不对？男孩点了点头，他决定只点头就够了，再也不敢张开嘴让那些废话从嘴里溜出来。好，你会做的少得可怜的事正是我们所需要的，这个镇子上知道怎么读书的人少之又少，因为能读书是一回事，知道怎么读书是另一回事，这两者之间的差距太大了。我猜想你可以和我们一起留在这里，两个星期也好，二十年也好，这是你自己的选择，你如果想离开，随时都可以离开。你之前睡觉的那个房间是你的，你可以跟科尔本商量着用他的书，不过得等一等，要让他熟悉你，你应该在傍晚给他读书，他会一点点软化下来的。在靠外的厅里还有些书，你可以拿几本你想看的。还有一件事：如果你决定和我们在这里生活，那你就要做好鸟粪落到头上的准备，是我的错，但你必须能接受这点。

我一直喜欢乌鸦。男孩没有思考就脱口而出。词语只是从他嘴里冒出来。是谁坐在那里控制着这些词语呢？

说完之后盖尔普特和他都笑了起来，这让他意想不到却又无比轻松。他看到盖尔普特露出一口洁白的牙齿，两颗尖利的犬齿，但是下面的两颗前牙是弯的，这样才好，洁白笔直的东西在一段时间之后就会让人感到疲惫。没有罪过就没有生活。

十四

现在男孩坐在这里。面前是两个海船船长和一支蘸水笔。他应该写下什么称呼呢？我亲爱的安德雷娅还是最亲爱的安德雷娅？科尔本和布里恩乔福尔坐在他右边桌子的一角。海尔加给他解释了要做什么，怎么端啤酒和咖啡，怎么做记录。如果你有什么处理不了的就叫我。说完她就走了，剩下他和这两个老男人。布里恩乔福尔时不时地盯着男孩，他的头发和胡子乱蓬蓬的。给我啤酒，你这个该死的猫崽子。他狂躁地扯着大嗓门喊道，尽管拿给他的第一瓶啤酒已经空了。他简直就是头正拉肚子的牛。布里恩乔福尔对科尔本解释说。不过男孩并不在乎被称为该死的猫崽子或拉肚子的牛，它们只不过是词语，只要不加以理会，词语就没有力量，它们从你耳边经过，对什么都没影响。而且，布里恩乔福尔更感兴趣、更关心的不是男孩，是啤酒，他喝得越多脾气就越好。两瓶啤酒下肚，这世界就不再邪恶，不再充满让诚实的人懊恼的各种垃圾。因为我们是诚实的人，你和我。他对科尔本说。科尔本用沙哑得几乎刺耳的嗓音回答：诚实对于没有灵魂的天使是一种奢侈。我理解不了。布里恩乔福尔说。他的声音非常低沉，如果他站在甲板上大声说话，海里的鱼都会颤抖。我猜想你理解不了。科尔本用刺耳的粗声回答。那就解释解释吧，但愿魔鬼把那边那个小家伙吃掉，我真觉得他就是没灵魂的可怜虫。那样魔鬼对他就不感兴趣了，科尔本说，没灵魂的人长着天使的翅膀。你真奇怪，那个大块头吼叫道，所以我才这么喜欢你。然后两个老海员开始谈论鱼和大海，男孩不再听他们的对话，至多是留心去听他们要不要啤酒或咖啡。迅速有效地回应他们的要求才更稳妥，不过布里恩乔福尔有啤酒喝时，他就可以独自沉浸于自己的世界中；另一个人啧啧地喝着咖啡，那咖啡就像围绕在他周围的黑暗一样黑。两个人年纪相仿，但科尔本的脸看上去更显沧桑，看起来要老一百年。他们谈论着大海和放荡的生活，充满激情地谈论着海里的鱼，鳕鱼在他们的血脉中畅游，鲨鱼深深潜入他们的内脏，还有风暴、严酷的冰霜、置人于死地的阴暗深海，布里恩乔福尔摇摇晃晃，紧紧抓住桌子，不想让风浪把他从船上卷到海里。科尔本伸出舌头舔着嘴边咸咸的海水。男孩已经给布里恩乔福尔拿了八次啤酒，也同样频繁地为科尔本往那个英国诗人的杯子里倒满咖啡。诗人渴了。科尔本说着举起咖啡杯，同时男孩拿来咖啡。他开始并不知道这位华兹华斯，不知道他是这个杯子从前的主人，还以为科尔本自称为诗人，因此非常吃惊，更感到困惑。什么该死的诗人？科尔本第四次这样喊着要咖啡时，布里恩乔福尔终于开口问道，同时四下张望，看上去好像想打人，男孩吓得屏住了呼吸。你是个蠢货，科尔本粗声粗气地骂道，这里这个杯子以前是一个英国诗人的。说完他嘲讽地笑起来，脸上露出了狂野的表情，失明的眼睛紧盯着布里恩乔福尔。布里恩乔福尔突然感到很不自在，啤酒带来的欢乐消失了，他垂着头，脸上满是皱纹，喃喃地说：你为什么要这么残酷。科尔本没有回答。他该回答什么呢？房间里一时间唯一能听到的就是盲人科尔本喝咖啡的声音。布里恩乔福尔盯着酒瓶子，试图再从中找到快乐。男孩写下了“我亲爱的安德雷娅”，他特别想在“亲爱的”下面画上很多条表示强调的横线，因为对安德雷娅的爱忽然间向他席卷而来。现在她孤独地留在店里，古特伦孤独地留在另一个地方。我为什么不再想念古特伦呢？现在想到古特伦这个名字时，男孩的心已经不会为之多跳一下。巴尔特此时在哪里呢？他的尸体，他离开时留在身后的那具没有生命没有用处的躯壳，在有人来认领之前存放在哪里呢？我如此突然地离开，是不是犯了错，是不是逃避，是不是背叛？我现在到底为什么非要想起那个莱恩海泽，她为什么要对我吐舌头露出舌尖？男孩盯着眼前的信纸，没听到布里恩乔福尔在叫他，于是布里恩乔福尔有了足够的理由提高嗓门，责骂男孩是个废物，不过他的语气不再沉重。布里恩乔福尔又开心起来，他发现科尔本是个相当不错的家伙。你只不过是瞎了。他加了一句，似乎这点需要被特别指出来。你是个敏锐的观察者。科尔本简单地回应了一句，然后他们又开始谈论大海。他们一下就远离了陆地，处于危险的远海，他们的过去让他们获得了暂时逃离现实的自由，逃离沮丧、焦虑和黑暗的自由。男孩拿着笔，用眼角的余光看着科尔本，想搞清楚他这个人，但当然做不到。男孩感到自己尊敬科尔本，也有一点畏惧他，想到要给他读书、要靠近他，心里就有点不安。今晚要读书给他听吗？希望那两个女人也能在一边听，那样会好一些。海狼啊，男孩接着又想，意思是鱼吧，海狼船长究竟是一直脾气不好呢，还是就长那个样子？他摇了摇头。他懂得的东西太少了。他已经写下了“我亲爱的安德雷娅”，现在又加上了一句“我还活着，我一路闯到了这里”。他放下了笔。我到底为什么要活着呢？我对生命都不感兴趣，对那个莱恩海泽最不感兴趣，她太冷漠了，能把我的心都冻得缩小了。我什么都不想要，什么都不渴望。他困惑地盯着手里的笔。绝对不想死。活下去的愿望深入他的骨髓，流淌在他的血液里。生命，你是什么？他默默发问，但是距离找到答案还相当遥远。这并不奇怪，我们也没有现成的答案，但是我们已经生活过，也死去过，我们跨越了没有人能看到的边界，那边界是唯一重要的东西。生命，你是什么？或许答案就寓于问题之中，就在我们对生命的惊叹之中。随着我们不再感到好奇、不再追问，只是把生命视为平淡无奇的事，那生命之光难道不是渐渐暗淡，堕入黑暗吗？

男孩想到了船长的藏书馆，自从巴尔特给他讲起那个藏书馆之后，他一直在想象那是什么样子。四百本书啊！一个人有了这些书，或许什么都不再需要了，当然视力除外，他有点挖苦地想着，但是接着盲人船长擦着他身边走过去，进了房间，把门在身后关得严严实实。男孩吓了一跳。再来瓶啤酒，你这个没用的窝囊废。布里恩乔福尔大声说。男孩给他拿了第九瓶啤酒。啤酒倒进这个大块头的嘴里没了踪影，就像进了无底洞。我太壮了，巨人船长布里恩乔福尔对男孩解释道，到我身边坐下吧，该死的，不坐我就打你，独自坐着太艰难了，一个人独处时真的太孤单了，听话，别离开我这个老人吧。

男孩很听话。他没有离开桌子，何况他也走不开，布里恩乔福尔硕大的手牢牢抓住了男孩的右臂。男孩坐在这个巨人边上，巨人打着嗝往下灌啤酒，然后开始讲起以前的一个同船水手，挪威人奥勒，他们一起航行了整整十五年，在肆虐无情的风暴和波涛汹涌的大海中活了下来，然后奥勒在最平静的时候淹死了。他的船停在码头上，他喝得烂醉，头朝下摔倒了，撞上了平静如镜的潟湖，消失无影，他甚至还没喝完从特里格维的商店买来的最后一瓶酒。法国科涅克白兰地，奥勒攒了很长时间的钱才买来那瓶酒。他的尸体被挖泥船捞上来时，那瓶酒还剩了一半，瓶子紧紧拴在他的腰带上。布里恩乔福尔讲到一半时眯起眼睛，把手举到眼前，然后喊道：该死的，我看不清楚东西了！他带着惊恐喊了起来：我的视力要没了，让那个该死的混蛋影响的！我要瞎了！布里恩乔福尔闭上了眼睛，但是男孩对他解释说，大多数人喝了九瓶啤酒后都会开始看不清东西。听到这样的话，布里恩乔福尔又睁开了眼睛。他非常感谢男孩能这样说，所以松开了男孩，男孩在桌子下揉着被抓得酸疼的手腕。

中午刚过。如果太阳能穿过云层照耀大地，当然会从餐馆的窗户照进来，可是太阳升得还不够高，照不到岬角和中央广场周围的大部分房子，埃拉山的山顶插入天空，阴影投在下面的房子上。不过如果天上有太阳，肯定很快就会照进离旧街区不远的一栋房子的客厅窗户，那里呆坐着一个女人，她的眼睛很大，让人想到一生都站在大雨里的一匹马。她一动不动地坐着，就好像生活的乐趣已经完全把她抛弃了。在很久以前，她也曾常常开怀大笑，她的眼睛是照耀人生的太阳，有了她的眼睛，房子上冷冷挂着的坚硬冰柱都会融化成清新的水滴，然而那双眼睛里的欢乐到哪儿去了呢？这个女人一动不动地坐着，眼睛发呆，就好像在守候一个已经去了遥远地方的人，那个人走得太远了，或许这一生再也不会有时间回来。她弯着腰坐在那里，肩膀有些低垂，她会一整天都这样坐着，等到天色更加暗淡，她坐下或躺倒时，不像是个活人，更像是一堆土。这样的存在，这样卑微的存在，这其中有什么公平可言呢？你的眼睛是世间最美丽的，它们就像大海一样美，然后三十年过去了，那双眼睛不再美丽，它们太大了，责备地跟在你身后，你看着那双眼睛，除了疲惫和失望之外什么都看不到。

真他妈的该死，看着那双眼睛，想起一匹被雨淋湿的马，不是说老母马，你这个浑小子，我永远不会那么称呼我妻子，不管是谁那么说，我都会用拳头教训他！布里恩乔福尔用拳头狠狠砸了一下桌子，吓得男孩跳了起来，布里恩乔福尔认真摆在面前的空啤酒瓶发出很大的碰撞声。八个，不，是九个空瓶子。布里恩乔福尔又抓住了男孩的胳膊，很糟糕，这次和上次抓的是同一个地方。那里肯定要留下一片瘀青了，不过男孩没敢动。你只要见过我妻子以前的欢笑，哼，小子，你只要见过她的眼睛，啊，发生了什么呢？那些欢乐都去哪里了呢？她为什么要变成那样呢？黑暗和阴郁是从哪里来的呢？小子，你知道吗，我们从小就和克里斯蒂安在一起玩，我们三个总是在一起，没有人能夺走愉快光明的记忆，但是不美好的记忆也不会消失，时间越久，这种记忆就越是深刻，真该死。克里斯蒂安淹死了，你知道吗，大海带走了他，我们渔民当然只能走这样的路，但是我真想念他啊，能跟我说话的人太少了。你知道，布里恩蒂斯是他女儿，布里恩蒂斯，这名字多好听，我猜想上帝创造了这个名字就是要让我们更好受一些。可是，亲爱的朋友，我多希望你见过她以前的眼睛，不是布里恩蒂斯而是……

而是……他妈的，真他妈的见鬼，我想不起她的名字了！

布里恩乔福尔坐在那里发呆，充满困惑，怎么也想不起深深植入到他生命中的那个名字。那个和他一起玩耍的女孩的名字，那时青春照耀在他们三个人身上，他们在冬天搭建冰的城堡，在夏天扮成农夫玩耍，有时她会把金凤花插到头发上，就像太阳一样走来走去，她就是童话本身。布里恩乔福尔皱起眉头，拼命去想她叫什么名字，自然也就放开了男孩的胳膊，男孩开心地默默叹了口气。终于，一道光照进了布里恩乔福尔满是血丝的醉醺醺的眼睛，仿佛是神志清醒前的一丝迹象，仿佛是浓雾深处射出的光亮——我喝得太多了，他清楚而肯定地说。接着他点了点头赞同他自己说的话，又说道，没错，这样我背叛了每一个人。布里恩乔福尔忧郁地看着男孩，却没办法看清楚他。他向后微微仰了仰头，眯着眼睛重复道，每一个人！我背叛了她，你知道，我的妻子，还有她的眼睛，我每天都背叛她的眼睛。我背叛了斯诺瑞，这会带来伤害。我背叛了我亲爱的男孩子们，布约恩和布亚尼，我还背叛了托希尔德。怎么可能背叛托希尔德那样的人呢，那是什么样的罪行啊？想想吧，今天早晨我希望她死掉算了，你知道为什么吗？因为她对我太好了！她信任我，对我说好听的话，但是我不但不感恩，还尽量避开她，因为她让我想到我的背叛，我想象着如果她今天死去，或者明天，那我是不是自己先把自己干掉算了？嗯，我不是坏人，只是我心里太沉重了，胸口这里，他说着，往自己胸膛上狠狠打了一拳，这里面有些黑色的小东西，它们钻进了我的心脏。有时我察觉不到它们，没错，几个月过去之后，我开始相信有什么把它们杀死了，我是个自由的人了，然后它们重又出现了，又开始进攻我的心，比以前更强大，甚至更恶毒。我想把它们淹死，在啤酒和威士忌里把这些杂种全淹死，但它们肯定是游泳好手，会在我清醒之后疯狂地报复我。你永远也想象不到它们是怎么报复我的，你太年轻了。啊，只要她能再次开怀大笑，那她的眼睛就又会变得美丽动人，一切就都会好起来，只要我能想起她的名字，那我就会走最近的路回家，我要把她抱进怀里，流着泪请她原谅，我够男人，才会流泪，你可以相信我。她叫什么名字来着？

布里恩乔福尔船长停下了。他尽量让头保持不摇晃，伸手摸索着去抓男孩的胳膊。男孩挪开了，不过怎样都没关系，船长的手在空中挥着，根本不知道自己在做什么。我想我可以在这里停留一星期，男孩心想，这样不会有什么坏处，而且安德雷娅也根本不用再为我担心了。甚至两个星期。两星期里我肯定能读完两本小说，还能读几首诗，这还不算我必须给科尔本朗读的东西。再多活两个星期，这很难说是背叛吧，他乐观地想着，甚至感到开心。不过餐馆里很快变冷了，寒冷钻进了他们的衣服，侵入了他们的肌肤。男孩抬起头，看到了巴尔特冰冷的眼睛，他站在布里恩乔福尔身后。巴尔特翕动着嘴唇，死者冻得发青、没有血色的嘴唇。那么，我还要等你多久？男孩头脑里响起了巴尔特的声音——你母亲还要等多久？你父亲还要等多久？你才三岁大的妹妹还要等多久？为什么你还活着，而不是我们活着？我不知道。男孩打着寒战喃喃地说。然后他在椅子上坐直身体，看着巴尔特，近乎绝望地喊道：我不知道！布里恩乔福尔突然发出了雷鸣般的喊声：安静，什么也别说！说完他紧紧抓着男孩的胳膊。等一等！别走！有些事情就要发生了，安静，什么也别说，就要来了！布里恩乔福尔俯身向前，似乎是在倾听，似乎是在捕捉遥远的信息，是要想起那个生命取决于他的记忆的名字，他俯身向前，闭上眼睛，硕大的头颅慢慢低下去，前额还没有碰到桌子就已经醉得不省人事了。这时就只剩下了他们两个，男孩和巴尔特，一个活着，一个死了。男孩抽回手臂，目不转睛地盯着巴尔特，巴尔特冻得发青的嘴唇翕动着对男孩说：我在这里孤身一人。我也是。男孩带着歉意轻声说，然后他抬高了嗓音请求道：不要走。但他也不知道自己是不是这个意思。巴尔特什么也没有说，只是苦涩地微笑着。开始下雪了，雪花在窗外静静地飘落，大片的、盘旋的雪花，形状就像天使的翅膀。男孩一动不动地坐着，天使的翅膀在外面翱翔，他看到巴尔特的身影慢慢淡去，消失在清冷的空气中。

译后记

李静滢

《没有你，什么都不甜蜜》是冰岛作家斯特凡松所著“男孩三部曲”的第一部，后两部是《天使的悲伤》（*The Sorrow of Angels*）和《人的心灵》（*The Heart of Man*）。三本书的内容既相互关联又各自独立，背景均设定为一百多年前的冰岛，寒冷苍茫遥远孤寂的冰雪世界。

这部小说的情节并不复杂，只是叙述了一个男孩在三个昼夜里的遭遇。故事从第一天傍晚开始讲起，男孩和好友巴尔特从小村庄的咖啡馆返回海边的渔民小屋，带回了巴尔特从盲人船长那里借到的长诗《失乐园》。第二天凌晨，他们随船出海捕鱼，不幸遭遇暴风雪。巴尔特因为在出发前诵读《失乐园》里的诗句太入迷，忘了带防水服，结果冻死在男孩怀中。男孩伤心欲绝，当晚顶风冒雪独自出发，翻山越岭去替巴尔特还书，一心想在还书后告别人世。幸运的是，他没有摔死、没有冻死，在跋涉三十多个小时后平安到达了咖啡馆，把书还给了船长，最后在咖啡馆主人的劝说下决定暂时留下来生活下去。作者在叙事过程中穿插讲述了男孩的身世，以及其他船员和村民的故事，全书行文风格冷静从容，描写简洁有力，却又笔触细腻，充满悲悯。

卡夫卡曾说，我们需要的书，“应该是一把利斧，砍向我们内心冰封的大海”。在阅读和翻译这部小说的过程中，我体会到的正是这样的震撼。悲莫悲兮永别离。从生到死，从死到生，男孩经历的短短三天就仿似人生的一个隐喻，令人扼腕叹息。然而，恶劣的自然环境和悲惨的命运，并不会抹去人们对梦想的追求、对知识的热爱和对温情的渴望，恰如作者所说：“或许他们心中的光亮并未完全熄灭，或许不论如何仍有希望。”

这本小说是用冰岛语创作的，我的译文由菲利普·拉夫顿（Philip Roughton）的英译本转译而成。英译本的书名“Heaven and Hell”是贴近原文“Himnaríki og helvíti”的直译，译成中文则是“天堂和地狱”，对中国读者来说未免冷漠生硬，缺乏阐释空间。收到我的译稿后，编辑经过数月斟酌，才把书名确定为

"没有你，什么都不甜蜜"。这是弥尔顿在双目失明后创作的《失乐园》中的诗句，是男孩和巴尔特反复默念的句子，也是巴尔特留给男孩的最后一句话，因此别有深意。

菲利普·拉夫顿翻译的冰岛文学作品英译本曾获牛津魏登费尔德翻译奖等多项奖项，读者和评论者都很认可他的译本，认为译文忠于原文，与原文的风格相近。这本小说没有刻意展示独特的文化因素，凸显的是直指心灵的永恒主题，因此不论从冰岛文翻译还是从英文翻译来看，产生误解误译的可能性都很小，我在翻译中需要注意的，就是忠实于英文版本的内容，传递出小说的精神。

小说的原初文本是冰岛文，从英文转译当然并非理想的做法，但是从原文翻译也并不意味着拥有绝对的权威，如果缺乏文学素养以及对原作精神的体认，从哪种语言翻译都很难给出令人满意的译文。作为译者，遇到自己喜欢的作家、喜欢的文本，确实很难拒绝翻译的诱惑。编辑最初询问我想不想翻译这本小说时，我曾想婉拒，可是后来收到样书，读到男孩再次上路，迎向漫天的大雪、黑暗的夜晚和满是寒冰的世界时，真的是泪为之落、心为之哀。作者笔下那浓郁的夜色，那壮阔的海、冰冷的雪、甜蜜的爱，那些怀着希望为生存奋争的人，令我无法不为之心动。即使转译会招来批评又有什么呢？我只想把这本书用诚恳有力的文字呈现出来，让更多的人读到它。

在对生命的永恒追问之外，这本书从开篇就强调了词语的力量、文学的力量。男孩、巴尔特、船员的女管家、咖啡馆的主人、盲人船长，无不是爱书之人。一方面，对文学的热爱让巴尔特失去了生命；另一方面，文学可以超越生死，像呼唤亡灵一样唤回既往的生命。或许文学翻译的意义，也就在于赋予原文新的生命。

小说中没有出现男孩的名字，而我们也无须知道他的名字，因为我们每个人身上或许都有这样一个男孩的影子，每个人心中或许都有这样一个孤独的少年，透过时间的薄雾，我们仿佛可以清晰地看到他的模样。斯特凡松用朴素的文字勾勒出了一个个鲜明的人物形象，我希望我的译文能真实展现出他们的面貌，然而译文完成，这些人物也就在翻译文本里获得了与我无关的新的存在。我来，我译，如此而已。

图书在版编目（CIP）数据

没有你，什么都不甜蜜/（冰）约恩·卡尔曼·斯特凡松著；李静滢译. —北京：九州出版社，2017.1
ISBN 978-7-5108-5004-2

Ⅰ. ①没… Ⅱ. ①约… ②李… Ⅲ. ①长篇小说—冰岛—现代 Ⅳ. ①I535.45

中国版本图书馆CIP数据核字（2017）第011462号

版权合同登记号 图字：01-2017-0547

没有你，什么都不甜蜜

作　　者	（冰）约恩·卡尔曼·斯特凡松　李静滢　译
出版发行	九州出版社
地　　址	北京市西城区阜外大街甲35号（100037）
发行电话	（010）68992190/3/5/6
网　　址	www.jiuzhoupress.com
电子邮箱	jiuzhou@jiuzhoupress.com
印　　刷	河北鹏润印刷有限公司
开　　本	880毫米×1230毫米　32开
印　　张	7.75
字　　数	127千字
版　　次	2017年5月第1版
印　　次	2017年5月第1次印刷
书　　号	ISBN 978-7-5108-5004-2
定　　价	45.00元